Friedrich Gerstäcker

Ein Plagiar

Friedrich Gerstäcker

Ein Plagiar

ISBN/EAN: 9783743652248

Hergestellt in Europa, USA, Kanada, Australien, Japan

Cover: Foto ©Andreas Hilbeck / pixelio.de

Weitere Bücher finden Sie auf **www.hansebooks.com**

Goldschmidt's
Bibliothek für Haus und Reise. Band XVII.

Ein Plagiar.

Von

Friedrich Gerstäcker.

Berlin.
Verlag von Albert Goldschmidt.
1872.

Erstes Kapitel.
Die beiden Freunde.

In der Calle de Santa Teresa, in einem der großen, noch aus der altspanischen Zeit herstammenden Häuser, die mit wunderlich geformten Giebeln versehen und mit Fliesen belegt waren, wurde heute ein großes Fest gefeiert: Die Verlobung der einzigen Tochter Dolores mit dem Sohn eines der bedeutendsten Hacienderos aus Mexiko's Nachbarschaft: Sennor Don Augustin Guitierrez.

Die hohen luftigen Räume erglänzten auch in wahrhaft luxuriöser Pracht, denn Sennor Arvila gehörte zu den reichsten Minenbesitzern des weiten Landes und fand Freude daran, seinen Reichthum zur Schau zu tragen.

Mexiko selber befand sich nach langen blutigen Kämpfen wieder einmal — auf kurze Zeit wenigstens — in einem Zustand der Ruhe; es standen sich wenigstens augenblicklich keine Heere mehr feindlich gegenüber. Die Franzosen hatten das Land räumen müssen; der Kaiser Maximilian — ein so wackerer als edler Fürst vielleicht — und sicher der Erste und Einzige, der es wirklich treu und ehrlich mit Mexiko selber gemeint — war in Queretaro wie ein Kaiser und Held gestorben, oder gerichtet worden, und der Indianer Juarez, eine zähe, verbissene Natur, wenn auch in seiner Weise wohl ein tüchtiger Mann, hatte die Zügel dieses Volkes wieder in die Hand genommen.

Aeußerlich war dadurch die Ruhe auch, wie es schien, wieder gesichert, innerlich trieb aber das unruhige und an ein geregeltes Leben nicht mehr gewöhnte Volk noch immer sein altes Spiel.

Hier und da in dem weiten Lande gährte und konspirirte es schon wieder, und Räuberbanden tauchten aller Orten auf, vermieden nur die gegen sie ausgesandten Truppenkörper und plünderten und brandschatzten, wo sie sich eben sicher fühlten, — aber es lag darin nichts Außerordentliches.

Mexiko hatte seit fast einem halben Jahrhundert keinen Frieden gesehen; die jetzige Bevölkerung wenigstens war zwischen Krieg und Blutvergießen, sowie ewigen Revolutionen aufgewachsen, während alle friedlichen Beschäftigungen der Bewohner fortwährend unterbrochen, ja oft Jahre lang unmöglich gemacht wurden, wie konnte es da anders sein, als daß sich der ganze Charakter der Nation auch wild und ordnungslos gestaltete?

Man war es eben nicht mehr anders gewöhnt, und wie man bei uns Unglücksfälle hinnimmt, die, eine Folge der Industrie, durch Maschinen oder Eisenbahnen verursacht werden, so hörte man dort mit der nämlichen Gleichgiltigkeit von angefallenen und beraubten Diligencen, Ermordungen in den Straßen der Hauptstadt oder von der Plünderung kleiner Ortschaften durch eine plötzlich aufgetauchte und ebenso rasch wieder verschwundene Bande. Dergleichen Fälle gehörten in der That mit zu den Tagesneuigkeiten und verloren sogar endlich durch ihr zu häufiges Vorkommen und mehr als etwas Selbstverständliches, ihr Interesse.

In der Hauptstadt selber merkte man indessen wenig davon, denn es lag dort zu viel Militär, um einer größeren Bande Raum zu gestatten. Daß die Marktleute, die Morgens noch vor Tag in die Stadt kamen, da oder dort in den Straßen einmal die Leiche eines Ermordeten fanden, kam nicht in Betracht. Sie selber kümmerten sich auch gar nicht darum und ließen sie ruhig liegen. Das war Sache der Polizei, sie wegzuschaffen — sie hätten nur Umstände und vielleicht sogar Unannehmlichkeiten davon gehabt.

Der jetzige Zustand des Landes konnte deshalb nur geringe Veränderung in dem Leben der Hauptstadt selber hervorbringen. Das junge lebensfrohe Volk hatte in der Republik getanzt, und tanzte durch das Kaiserreich und die Belagerung wieder in die Republik hinein. Was lag darin auch Außerordentliches? Ein Regierungswechsel? Der gehörte in Mexiko wenn auch nicht zu den alltäglichen, doch jedenfalls zu den alljährlichen Erscheinungen, und man war sogar erstaunt gewesen, daß sich das Kaiserreich so lange gehalten. Nicht einmal die alte Generation war deshalb besorgt, wie hätte man es da der jungen verdenken wollen, wenn sie leichtherzig darüber hinweg ging und den Augenblick genoß, so bald und so lange er sich ihr eben bot?

In dem großen prächtigen Hause des Sennor Arvila sah es denn auch heute so glänzend aus, daß man es kaum für möglich gehalten hätte, daß in der nämlichen Stadt noch wenige Monate vorher eine wirkliche Hungersnoth geherrscht habe. Aber trotzdem mußte die kurze Frist genügt haben, Mexiko nicht allein wieder mit allem Nöthigen, nein sogar mit jedem nur erdenklichen Luxus zu versorgen, und was in der That das eigene Land oder selbst die Fremde an kostbaren Genüssen oder Delikatessen bot, das fand man heute in jenen festlichen Räumen aufgespeichert.

Sennor Arvila oder Don José, wie er der spanischen Sitte nach von seinen näheren Freunden genannt wurde, gehörte auch — trotz der Republik — zur höchsten Aristokratie des Landes, war aber trotzdem, wie sich nicht leugnen läßt, stets ein treuer Anhänger des Präsidenten Juarez gewesen. Das geschah aber nicht etwa deshalb, weil er die Republik jeder anderen Staatsform vorgezogen hätte, obgleich diese seinen Wünschen vollkommen entsprach (unter diesem Namen versteht man nämlich in allen altspanischen Kolonieen nur die Regierung der Aristokratie, die Präsidenten wählt und absetzt, ohne das eigentliche Volk auch nur um seine Meinung zu fragen). Nein, jede Regierungsform wäre ihm recht gewesen, so lange er selber nur prosperiren konnte, aber seine Interessen wären gefährdet gewesen, wenn er sich offen dem Kaiserreich anschloß. Seine reichsten Minen lagen nämlich gerade in den Distrikten, die der vertriebene Präsident wenigstens zeitweilig besetzt hielt — in der Nähe von Chihuahua, und da er bald heraus fand, daß er vom Kaiser Maximilian Nichts zu fürchten hatte, sobald er sich nur ruhig verhielt — und er verlangte gar nichts mehr, als das zu thun — so folgte er darin sowohl seinen eigenen Interessen, als seiner Bequemlichkeit. Er lehnte eine ihm angebotene Stelle als Minister ab — denn es gab kein unruhigeres Brod, als eine solche — er betheiligte sich aber auch bei keiner Verschwörung gegen das Kaiserreich. Er hielt es ebensowenig mit den Klerikalen, ja er hatte sogar einige werthvolle Besitzungen der „todten Hand" durch Kauf an sich gebracht, fühlte sich aber von Anfang an darin sicher, sobald nur der Kaiser zeigte, daß er die leyes de reforma nicht aufzuheben gedenke, denn das Gesetz war von Juarez gegeben, und wer von Beiden auch Sieger blieb, der Klerus wurde deshalb um Nichts gebessert.

Der Erfolg zeigte, daß er Recht gehabt. Maximilian fiel und der Indianer zog wieder in die Hauptstadt ein; die Besitztitel der gekauften Kirchengüter, die einen nicht unbedeutenden Werth repräsentirten, blieben dabei unangefochten, die Kirche hatte die Macht verloren, und das Staatsschiff glitt wieder eine Weile — wen kümmerte es wie lange? — sanft und ruhig dahin.

Aber wer dachte heute auch an Politik? Musik durchrauschte

die Prunkgemächer des Hauses, die geputzten Paare standen sich in ihrem Lieblingstanz, der Habanera, gegenüber und schöne Augen blitzten und funkelten mit den Brillanten, die ihre Nacken deckten, um die Wette. Die schönste Blume des Festes aber, wie auch heute die Königin desselben, war Dolores, Arvila's liebliches Töchterlein, und das wahre Ideal einer merikanischen Creolin*). Schlank und zart in ihrem ganzen Bau, hatte der Körper eine nur den Südländerinnen eigene Elastizität, die blitzenden Augen wetteiferten dabei mit den seidenweichen Locken an Schwärze, während ihr Teint von Blüthenweiße war. Und diese Hände, diese Füße! Die lebhafteste Phantasie eines Bildhauers hätte sie nicht schöner und vollkommener schaffen können — es war ein Meisterwerk der Schöpfung — und sie wußte es.

Dolores war in der That das verzogene Kind des Hauses, aber dadurch auch schon von frühester Jugend an wohl eigenwillig, doch auch selbstständig geworden. Sie fand allerdings, wie fast jedes junge hübsche Mädchen, Freude an ihrer Toilette, aber doch nicht in so ausschließlichem Maß, um sich ihr ganz zu widmen. Heute allerdings hatte sie jede Pracht derselben entfaltet, wie um den Neid der Damen zu erregen. Sonst aber schien sie sich ebenso wohl in ihrem Hauskleid zu fühlen, und vollständig glücklich, wenn sie im Sattel saß und ihren wackeren, nur etwas wilden Rappen konnte hinaus in das Land fliegen lassen. Ihr Vater sah allerdings diese oft einsamen Ausflüge nicht gern, denn die Sicherheit der Straßen ließ, selbst in der unmittelbaren Nähe der Hauptstadt, viel zu wünschen übrig; aber Donna Dolores erklärte dann stets, sie sei „Mann genug", sich

---

*) Creolen, die von europäischen Eltern im Land Geborenen, mit keiner Vermischung indianischen Blutes.

selber zu beschützen. Die beiden geladenen Revolver, die sie auch stets bei solchen Ausflügen in den Halftern trug, gaben ihren Worten dabei einen entschiedenen Nachdruck, denn daß sie die Waffen zu führen wisse, hatte sie schon bewiesen.

Es war mit einem Wort eine Mexikanerin in vollem Sinn des Worts; schwärmerisch und weich, aber auch mit heißem Blut, ein wenig kokett, aber weit mehr noch stolz und selbstbewußt; ein Wesen, das einen Mann zu rasender Liebe treiben und ihm doch zugleich auch Furcht einflößen konnte, wie sie sich dereinst als „Herrin vom Haus" entwickeln könnte. Ein Engel in ihrer ganzen äußeren Erscheinung, und doch mit zwei winzigen Dämonen, die hinter den dunklen Augensternen lauerten.

Jetzt freilich, wie sie sich da in voller Jugendlust, mit freudeblitzenden Augen und wogendem Busen dem Tanze hingab, war es nur allein das lebensfrohe Kind des Südens, Glück strahlend, wie sie lauter Glückliche um sich sah — oder zu sehen wähnte — oder wußte sie, daß ein Herz hier schlug, das sich bei dieser Feier mit Zorn und Bitterkeit füllte?

An dem einen offenen Fenster, die Arme verschränkt, den Blick halb in Bewunderung, halb in verbissenem Trotz auf der jungen schönen Tänzerin haftend, lehnte Leonardo de Guerra, ebenfalls aus einer altmexikanischen Familie, die allerdings große Reichthümer besessen, seit dem letzten Krieg aber und durch bedeutende Verluste in den Minen wenn auch noch nicht heruntergekommen, doch in ihren Lebensverhältnissen zerrüttet war, und dem einzigen Erben, Don Leonardo, der früher von Millionen geträumt, trübe Aussichten in die Zukunft eröffnete. Neben ihm stand Don Guzman, unter welchem Namen er in der ganzen Hauptstadt bekannt war — auch schien es ein öffentliches Geheimniß, daß er ein natürlicher Sohn des Erzbischofs la Bastibe sei. Allerdings verkehrte dieser nicht mit ihm, aber das Gerücht wurde überall geglaubt, und es öffnete dem jungen Mann, der Mittel genug besaß, vornehm aufzutreten, die Häuser der ersten Familien. — Fürchtete man doch den intriguanten Prälaten oder wollte ihn sich wenigstens nicht zum Feinde machen. Gleiche Seelen finden sich überall. Don Guzman und Don Leonardo waren intime Freunde geworden, und der moralische Ruf, den beide junge Leute besaßen, gehörte selbst in dem darin sonst nicht sehr prüden Mexiko keineswegs zu dem besten. Das aber kümmerte sie wenig; sie folgten ihren Neigungen und träumten — wie es auch ältere und gesetzte Mexikaner thaten — ruhig in die Zukunft hinein.

Heute aber schien Don Leonardo ganz außergewöhnlich finsterer Laune, oder stach nur sein jedenfalls ernstes Gesicht zu auffallend gegen das ihn umgebende heitere Leben ab? Don Guzman trat zu ihm, und als sein Blick auf das düstere Antlitz des Freundes fiel, sagte er lachend, indem er die Hand auf seine Schulter legte:

„Carambo, amigo, Du schneidest ja ein Gesicht, daß man sich wirklich vor Dir fürchten könnte. Was hast Du? Licht und Glanz, wohin das Auge fällt, und nur Deine Gestalt der einzige dunkle Punkt darin."

Leonardo antwortete nicht gleich, aber so fest rieb er die Zähne zusammen, daß Guzman deutlich das Knirschen derselben hören konnte. Doch ob er fühlte, daß er selber hier durch ein zu auffälliges Betragen die Aufmerksamkeit der Nächststehenden erregen könne — und einige der jungen Damen wandten ihm in der That schon die Blicke zu — er nahm plötzlich des Freundes Arm, und mit ihm langsam an den Tänzern hinschlendernd, schritt er zum Büffet, das gerade jetzt von Niemandem weiter besucht war.

Don Guzman lächelte dabei leise vor sich hin. „Höre, amigo," sagte er endlich, „ich habe einen Verdacht. Bist Du wirklich Einer der abgewiesenen Freier der Sennorita? — Das Gerücht spricht von Dreien und Dein Name wurde ebenfalls genannt."

„Bah," sagte Leonardo finster, „wenn ich früher wirklich albern genug war, mich in das glatte Gesicht dieser Sirene zu vergaffen, so bin ich von solcher Thorheit längst zurückgekommen. Ich möchte sie nicht einmal in mein Haus führen, selbst wenn sie wollte, und ich fürchte fast, Juan Guitierrez zieht sich da einen kleinen Teufel groß."

„Und weshalb da Dein Grimm?" lachte Guzman, indem er sich etwas vino seco in ein Glas goß und es langsam ausschlürfte; „sorgst Du Dich um Juan Guitierrez, den Glücklichen?"

„Der Laffe!" sagte Leonardo bitter; „was kümmert er mich — ich gönne ihm von Herzen seine Braut, denn ich weiß, ich erlebe an der Heirath noch meine Freude; aber hast Du von der neuen Mine gehört, die Arvila vor etwa vierzehn Tagen geöffnet hat?"

„Sie soll enorm reich sein."

„Es ist rein fabelhaft!" rief Leonardo erregt aus, „und die Märchen der tausend und einen Nacht erscheinen wie Bettelbriefe dagegen. — Ganze Ladungen vollständig gediegenen Silbers haben sie schon herausgebracht, und die Ader wird breiter, je weiter sie sich in den Berg hineinzieht."

„Der alte Herr hat Glück," sagte Guzman, mit einem halb bitteren Zug um den Mund. — „Mit Euren Minen steht es nicht so gut."

„Carajo!" zischte Leonardo zwischen den zusammengebissenen Zähnen durch — „steht es nicht so gut? — Die einzige, die wir noch im Angriff hatten, verlief plötzlich in nichts als taubes Gestein, mit keinem Real Silber mehr dazwischen, und wie das jetzt werden soll, weiß der Teufel. Der Alte wird auch so zäh, daß er keine Unze mehr herausrückt, und das Gesindel in der Stadt muß schon Wind von unserem Unglück erhalten haben, denn wo ich mich blicken lasse, verlangen sie Geld."

Guzman lachte. „Um in Schulden zu gerathen, amigo," sagte er, „braucht man wahrhaftig nicht Besitzer einer Silbermine zu sein. Ich selber habe es auch ohne die fertig gebracht und jetzt schon daran gedacht, die Hauptstadt zu verlassen, um in irgend einem abgelegenen Theil des Staates mein Glück zu versuchen.".

„Dein Glück?" frug Leonardo und sah ihn rasch und forschend an — „in welcher Art?"

„Quien sabe?" sagte Guzman, indem er lachend mit den Schultern zuckte. „Wer weiß, was da auftaucht, und ich werde nicht blöde sein zuzugreifen."

„Man erzählte neulich, daß Du Dich um eine von Almeja's Töchtern beworben hättest; ist das begründet?"

„Also erzählt man sich das schon in der Stadt?" rief Guzman; „weiß der Henker, woher die Leute so rasch die Neuigkeiten bekommen. Sie müssen in der Luft schwimmen, sonst begreife ich's nicht."

„Almeja ist von je ein treuer Anhänger der Kirche gewesen — und sehr reich."

„Was kümmert mich die Kirche!" rief Guzman rasch, denn er haßte nichts mehr als eine Anspielung auf seine Abstammung; — „und wie kommst Du darauf?"

„Ich — dachte eben an den alten Almeja," sagte Leonardo ausweichend, „aber wie war das Resultat? Die jungen Sennoritas sind sehr vornehm."

„Sie sind weniger vornehm als praktisch," sagte Guzman bitter; „Donna Lucia frug mich einfach, wo mein Haus stände und wovon ich sie zu ernähren gedenke?"

Leonardo lachte gerade hinaus: „Also sie war nicht blind vor Liebe?"

„Hol' sie der Teufel!" brummte Guzman, „und daß sie als alte Jungfer sterbe! Aber was ich Dir sagen wollte," fuhr er fort, und warf dabei den Blick über die Schulter, ob keiner der Gäste in Hörweite wäre. — „Thatsache ist, daß wir Beide Geld brauchen; wie wäre es, wenn wir zusammen in's Land gingen?"

„Hm!" murmelte Leonardo, „ich habe auch schon daran gedacht, so ein kleines pronunciamento irgendwo könnte uns rasch wieder auf die Füße bringen."

„Am 5. nächsten Monats geht eine conducta*) von hier ab, die das Geld verschiedener Handelshäuser an die Küste bringt," flüsterte Guzman rasch. „Es sollen über 200,000 Pesos sein."

„Ja," sagte Leonardo, langsam dazu mit dem Kopfe nickend, „aber mit einer Begleitung von zwanzig oder dreißig Bewaffneten, gegen die wir erst das eigene Leben riskiren. Nein, da können wir bequemer Geld verdienen und brauchen die Stadt nicht zu verlassen."

„Caramba! und wie," rief Guzman überrascht.

„Ich habe Dich hierher geführt, um mit Dir darüber zu

---

*) Geldtransporte.

sprechen," sagte Leonardo leise und vorsichtig; „als Du mich vorhin in finsterem Brüten faudest, ging mir der Plan eben im Kopf herum und ich bin auch jetzt noch nicht klar damit."

„Und was meinst Du?"

„Glaubst Du?" sagte Leonardo, und bog sich zu dem Freund über, daß seine Lippen fast dessen Ohr berührten, „glaubst Du, daß Augustin Guitierrez wie Arvila 200,000 Pesos zahlen würden, um ihren Sohn zu retten?"

„Vierhundert!" rief Guzman, wenn auch mit vorsichtig gedämpfter Stimme: „sie haben Millionen im Vermögen. Aber was soll die Frage? Der Sohn ist gar nicht in Gefahr, und was hülfe das überhaupt uns?"

„Unter Retten verstand ich Auslösen," sagte Leonardo lauernd und sein Blick haftete dabei forschend auf dem Freund.

„Ca—ra—jo!" zischte dieser überrascht zwischen den Zähnen durch, „aber wie ist das möglich? Hier in der Stadt?"

Leonardo wollte antworten, aber der Tanz war gerade beendet, andere Herren kamen ebenfalls herbei und, nun des Freundes Arm ergreifend, flüsterte er ihm zu, indem er mit ihm den Korridor hinabschritt:

„Suche mich morgen früh in meiner Wohnung auf, ich habe einen Plan, aber er muß reiflich überlegt und besprochen werden."

„Ich komme," nickte Guzman, und ein weiteres Gespräch wurde auch jetzt unmöglich, denn von allen Seiten drängte das junge Volk heran, um sich nach dem Tanz in der balsamischen Abendluft des offenen und mit Blumen bedeckten Korridors ein wenig abzukühlen.

Zweites Kapitel.

Juarez.

Das große Haus Arvila's erschien heute im wahren Sinne des Wortes gefüllt von Gästen, und zwar aus der höchsten Aristokratie des Landes. Ja selbst das Oberhaupt des Reiches, der zähe und ausdauernde Indianer Juarez, der mächtige Präsident von Mexiko, war mit seiner Gemahlin erschienen, denn eben Arvila galt als einer seiner treuesten Anhänger und hatte ihn auch früher gegen den, ganz den Klerikalen ergebenen Miramon unterstützt. Aber selbst mit den Klerikalen verfeindete er sich nie, tröstete sie sogar mit Versprechungen so lange hinaus und erwies dem Erzbischof la Bastide so manche Gefälligkeiten, daß er sich wenigstens immer fern von ihrer Verfolgung hielt, bis sie eben jede Macht verloren und ihm nun nicht mehr schaden konnten.

Es war, wie gesagt, ein echt mexikanischer Charakter, der gemüthlich, aber fortwährend auf seiner Hut, zwischen den verschiedenen Parteien herumschwamm und sich vollkommen wohl dabei befand. Uebrigens behandelte er seinen Gast, den Präsidenten, wenn er sich auch selber stolz einen Republikaner nannte, doch mit der größten Ehrfurcht, von der sich Juarez aber mehr gedrückt zu fühlen schien, als daß es ihn gefreut hätte. Juarez war wirklich eine schlichte einfache Natur, und jetzt noch außerdem durch den langen Krieg mit den Franzosen und den Kaiserlichen, die ihn Jahre lang auf der Flucht hielten, während er ihnen, bei dem geringsten Zurückweichen, wieder auf den Fersen folgte, weit mehr ein rauhes Lagerleben, als den ihn jetzt umgebenden Luxus gewohnt.

Desto wohler schien sich aber seine „Gemahlin" in dem sie umgebenden Glanz, und von Huldigungen überhäuft, zu fühlen. Man sah es ihr an, daß sie wußte, wie sie die „erste Frau" im Staate sei, und die kleine wohlbeleibte alte Dame mit der gelblichen Haut, aber den lebendig blitzenden Augen hob sich in dem Gefühl ihrer Würde.

Juarez selber sprach in Gesellschaft nie von Staatsgeschäften und schien besonders nicht gern die letzten Vorfälle, die den Schluß des Krieges zur Folge hatten, aber auch mit der Hinrichtung des unglücklichen Kaisers in der nächsten Beziehung standen, berührt zu sehen. Er selber war nicht für seinen Tod gewesen, aber sein mächtiger Minister, Lerdo de Tejada — die lange, schlanke, vornehme Gestalt, die dort an dem nächsten Fenster lehnte und seine dunklen Blicke durch den Saal schweifen ließ, hatte ihn dazu getrieben. Der, in dem ganzen Uebermuth eines mexikanischen Creolen, wollte das Blut des Kaisers, indem er Europa dadurch zu demüthigen glaubte — und Maximilian fiel.

Ueber was sich Juarez, der außerdem ein tüchtiger Advokat und anerkannt ein braver Mann war, am liebsten bei solchen Gelegenheiten unterhielt, blieben stets die Verhältnisse Mexiko's selber, denn von den verschiedenen Leuten, mit denen er zusammenkam, hörte er auch verschiedene Ansichten und Meinungen und besaß gesunden Menschenverstand genug, um sich ein eigenes Urtheil darnach zu bilden.

Leider drehten sich aber in der letzten Zeit diese Gespräche und Neuigkeiten fast nur um vorgefallene Räubereien und Anhalten der verschiedenen Diligencen durch bald größere, bald kleinere Banden, die aber trotzdem nur in den seltensten Fällen gestört wurden, und für die Briganten fast immer günstig abliefen. Die Franzosen hatten doch, so lange sie das Land bejetzt hielten, wenigstens die unmittelbare Nähe der Hauptstadt frei von solchem Gesindel gesetzt, wenn sich das auch nicht vom ganzen Lande sagen ließ. Jetzt aber drangen derartige Störungen der persönlichen Sicherheit selbst bis unmittelbar vor die Thore Mexiko's und besonders Puebla's, und die Eigenthümer benachbarter Haciendan, die in der Stadt selber wohnten, getrauten sich fast gar nicht mehr allein auf die Straße. Selbst ein Spazierritt ohne Revolver wäre undenkbar oder der Reiter jedenfalls der Gefahr ausgesetzt gewesen, seinen Heimweg zu Fuß anzutreten.

Juarez unterhielt sich gerade mit einem dieser Hacienderos, dem alten Bastiani, einem schlichten, offenen Manne, und dieser hatte ihm auch ganz aufrichtig gesagt, daß der Zustand, besonders in der Nähe der Hauptstadt, unerträglich würde, wenn nicht bald ein entschiedener Schritt gethan würde, um dem Raubgesindel zu zeigen, daß es noch einen Herrn und ein Gesetz im Lande gäbe. Ginge das aber so fort, so müßten sie erwarten, daß sich die Herrey von der Straße auch einmal die Freiheit nähmen, das Feld ihrer Thätigkeit bis nach Mexiko herein zu verlegen, und er frug dabei den Präsidenten lachend, wie hoch er wohl glaube, daß er selber taxirt werden würde, wenn sie ihn einmal in seinem eigenen Hause abfaßten.

„Sennor, Sie übertreiben!" fiel da die Sennora Juarez, die unfern davon saß und die Worte gehört hatte, ein. „Es sind allerdings einige unangenehme Dinge vorgefallen —"

„Dem jungen Gonzales von Cuernavaca haben sie neulich den Hals abgeschnitten," unterbrach sie trocken Bastiani; — „wenn Sie das unangenehm nennen, Sennora —"

Die alte Dame wiegte ungeduldig den Kopf hinüber und herüber. „Das war bei dem Penuelos," sagte sie, „mitten im

Wald, und Sie können doch das nicht zu der unmittelbaren Nähe der Stadt rechnen."

„Dann wollen wir etwas näher rücken," lächelte Bastiani; — „am vorigen Montag ist dem Sohn eines Freundes von mir, in der Alameda, also noch in der Stadt, denn die Alameda rechnen wir vollständig dazu, von zwei Caballeros das Pferd mit dem silberbeschlagenen Reitzeug am hellen lichten Tage weggenommen worden, und das Nämliche geschah vor acht Tagen auf dem Paseo in Puebla, der nicht einmal von einer Mauer umschlossen, sondern offen zwischen den Häusern liegt."

„Sie dürfen auch nicht Alles glauben, was die Leute erzählen, Bastiani," meinte Juarez; „es wird manchmal entsetzlich übertrieben."

„Das wird es in der That, Sennor," sagte der alte Herr; „aber wenn nur der zehnte Theil von dem wahr ist, was wir jeden Tag hören, so genügt das schon vollkommen, um sich nicht einmal recht sicher in seinem eigenen Bett zu fühlen. In der Calle del Arguillo, nicht 300 Schritt von der Plaza, ist heute Morgen wieder eine Leiche mit einer breiten Stichwunde gefunden worden, und gestern Morgen wurde auf dem Wege nach la Piedad, also fast in Büchsenschußnähe von der Stadt, ein Neffe von mir von zwei Strolchen angefallen und verdankte es nur seinem ausgezeichneten Thier, daß er ungerupft davon kam. Da ist Don Guzman, der auch in voriger Woche ein Abenteuer hatte und es Ihnen selber erzählen kann — nicht wahr, Don Guzman?"

Der junge Mann war, während sich die Herren miteinander unterhielten, um nach der anderen Seite des Saales zu gelangen, an ihnen vorübergegangen — er mußte auch wohl die letzten Worte gehört haben, aber erst als derselbe angeredet wurde, wandte er sich, mit einer Verbeugung gegen den Präsidenten, zu Bastiani und sagte verbindlich:

„Worin wünschen Sie meine Bestätigung, Sennor?"

„Sind Sie nicht in voriger Woche auf dem Wege zwischen hier und Chapultepek angefallen worden?"

Don Guzman lächelte. — „Es hatte allerdings den Anschein," sagte er; „ein paar Leperos verstellten mir wenigstens den Weg und baten mich mit sehr demüthigen Worten, aber nichts weniger als solchen Blicken, um eine Gabe; als ich aber bereitwillig in die Tasche griff und statt des Geldes einen Revolver hervorzog, wichen sie mir lachend aus und meinten, sie sähen, daß ich einen Spaß verstände."

Juarez lachte. — „Es liegt wenigstens Humor in der Sache," meinte er.

„Ein Galgenhumor, ja," nickte Bastiani; „aber Sie sehen selber, daß wir nach allen Richtungen hin, wo wir nur die Stadt verlassen, bedroht sind, und ich mich im höchsten Grade unbehaglich und nichts weniger als sicher fühle, wenn ich nur auf meine eigene Hacienda hinaus reite."

„So arg ist die Sache wohl nicht," meinte lächelnd Don Guzman; „es giebt allerdings noch einzelne durch den Krieg verarmte oder demoralisirte Burschen, die auf solch' bequeme Art ihr Leben fristen möchten; ich bin aber auch der Meinung, daß ein entschlossener Mann, besonders wenn er bewaffnet ist, nicht das Geringste von solcher Gesellschaft zu fürchten hat."

„Sei dem wie ihm sei," unterbrach ihn aber Juarez finster, „so ganz harmlos kann die Sache doch nicht sein, denn ich werde jetzt von allen Seiten gedrängt, dem Unwesen ein Ende zu machen, und sehe selber ein, daß es nöthig ist. Von morgen an sollen Sie wenigstens die Straßen in der Nachbarschaft der

Stadt sicher begehen können, darauf gebe ich Ihnen mein Wort; und ich denke, wenn wir erst einmal ein halbes Dutzend dieser Strolche gehangen haben, so werden sich die Uebrigen doch zweimal besinnen, ehe sie sich an ein so gefährliches Geschäft wagen."

„O, Sennor," sagte Bastiani trocken; „es sind nicht allein die, welche wir unter dem Namen Gesindel verstehen, Leperos und dergleichen, sondern auch oft junge Leute aus den besten Ständen, und wir haben noch während des Krieges Gelegenheit gehabt, davon selbst einige eklatante Beispiele in unserer Nachbarschaft zu sehen. Einer dieser Herren ist jetzt sogar Präfekt im Innern."

„Ich weiß, wen Sie meinen," erwiderte Juarez mit finster zusammengezogenen Brauen; „aber damals war Krieg, und wir Alle wurden von der kaiserlichen Regierung Banditen genannt."

„Und in Puebla, die beiden jungen Leute aus den besten Familien, die sich verkleidet auf die Straßen warfen und eine ganze Diligence voll Damen plünderten. Waren das auch Guerillas?"

Juarez schaute düster vor sich nieder. „Das ganze Volk ist demoralisirt," sagte er endlich, „aber sie sollen finden, daß sie sich in mir geirrt, wenn sie glaubten, ich ließe ihnen Geld und Rang in solchem Falle gelten. Verlassen Sie sich auf mich, Bastiani, denn ich weiß, daß die Fremden jetzt triumphiren und behaupten, es sei noch nie eine so wilde Wirthschaft in Mexiko gewesen, wie gerade unter meiner Regierung — aber sie haben sich darin geirrt — sie haben sich darin geirrt!" und rasch aufstehend schritt er zu Lerdo de Tejada hinüber, mit dem er sich von da an lange und eifrig unterhielt.

Es war das ein ernstes Gespräch für diese heiteren Räume

gewesen, und die lebendige Tanzmusik, die dazu aufgespielt wurde, klang wie ein Mißton hinein; aber es verrauschte unbeachtet zwischen den fröhlichen Menschen, und nur hier und da einmal, wenn Einer der Herren vielleicht einen Blick auf den Präsidenten warf und dessen Erregung bemerkte, wandte er sich achselzuckend ab. Lieber Gott, es war ihm vielleicht gerade wieder ein pronunciamento, eine kleine Empörung oder etwas Aehnliches gemeldet worden, doch das fiel wenigstens jede Woche einmal in Mexiko vor, und interessirte die Leute schon gar nicht mehr.

Nur Guzman schien mit der letzten Unterredung nicht recht zufrieden; er hatte die Unterlippe zwischen die Zähne genommen und schritt langsam durch den Saal, um den Freund wieder aufzusuchen.

„Mit unserem Geschäft ist's nichts," flüsterte er diesem zu, als er ihn erreichte und seinen Arm in den seinen schob, um ihn zu einem stilleren Platz zu führen.

„Und warum nicht, amigo?"

„Der Teufel ist los," flüsterte Guzman; „der alte Esel, der Bastiani, hat dem Alten so viele Räubergeschichten vorerzählt, bis dieser ordentlich einen dicken Kopf bekam und schwur, er wolle der Wirthschaft ein Ende machen. Du kennst aber den Indio; wenn der sagt, er will etwas thun, so thut er's auch, und wenn er mit dem Kopf durch eine Wand müßte."

„Aber was kann er thun, amigo?" lachte Leonardo, „was er nicht schon die ganze Zeit hinburch gethan hat, ohne einen besonderen Erfolg damit zu erzielen?"

„Das wirst Du morgen erleben," sagte Guzman finster; „verlaß Dich auf den, und außerdem möchte ich mich, nach einigen Aeußerungen, die er vorhin gethan, auch nicht gern er=

wischen lassen, oder die Geschichte nähme vielleicht ein böses Ende. Es giebt keine Guerillas mehr, also die Entschuldigung ist faul, es giebt keine verschiedenen politischen Parteien mehr — oder soll wenigstens keine mehr geben; also denke ich, überlegen wir unseren Plan erst noch einmal reiflich und warten wenigstens jedenfalls ab, was die nächste Zeit an Neuerungen bringt."

„Dir ist das Herz in die Stiefel gefallen, wie?" lachte Leonardo.

„Caramba," erwiderte Guzman, indem er sich mit dem Finger durch die Halsbinde fuhr; „ich bin hier verdammt kitzlich und habe eine angeborene Aversion gegen Exekutionen, bei denen man den besten Platz bekommt. Paciencia, amigo — noch versäumen wir nichts und — verderben auch nichts, wir können's ruhig abwarten, und so etwas ist überhaupt nicht über's Knie zu brechen."

„Bueno," sagte Leonardo achselzuckend, denn es drängte ihn selber nicht, einen entscheidenden Schritt zu rasch zu thun; ist doch all' diesen südlichen Völkern nichts erwünschter, als etwas Unbequemes so lange wie irgend möglich hinaus zu schieben. „Wir können dann die Zeit dazu benutzen, um unsere Vorbereitungen zu treffen. Du trittst doch nicht zurück?"

„Ich? — nein, gewiß nicht — nur erst sehen müssen wir, wie sich Alles gestaltet," und damit die Sache vor der Hand als erledigt betrachtend, schlenderte er wieder langsam in den Saal zurück.

Drittes Kapitel.
Der Plan.

Der nächste Tag zeigte, daß Juarez wirklich gedachte, mit dem Raubgesindel in summarischer Weise aufzuräumen, denn in früher Morgenstunde verließen seine Elite=Truppen, die cazadores de Galeano, mit ihren zwölfschüssigen Büchsen in kleinen Corps nach allen Seiten die Stadt und fegten die Landstraßen, besonders nach Südwesten zu, bis Cuerna vaca, ja legten sich hier und da in den Hinterhalt, sandten einzelne Streifzüge sogar über Apizaco hinaus nach Puebla zu, und brachten die ganze Nach=barschaft in Aufregung. Sie fingen dabei allerdings ein paar verdächtige Burschen ein, ertappten aber nur zwei auf frischer That und machten mit denen allerdings nicht die geringsten Umstände. Sie wurden ohne Weiteres vor der nächsten Ort=schaft aufgehangen und in der ganzen Woche bekam man gar nichts mehr von weiteren Räubereien zu hören.

Deßhalb hatten diese aber nicht etwa aufgehört, sondern die Strauch=Diebe nur ein etwas entfernteres und dadurch mehr sicheres Terrain für ihre Thätigkeit, z. B. die Straße nach Ma=zatlan, Queretaro und Oajaca, gesucht, und die Strecken nach allen diesen Richtungen hin waren zu ausgedehnt und zerklüftet, als daß man sie alle hätte besetzen und sicher halten können. Es blieb eben ein Ding der Unmöglichkeit, dieses vollständig de=moralisirte und jeder Arbeit entwöhnte Volk so rasch wieder an ein ehrliches und geregeltes Leben zu gewöhnen. In kurzen Wochen ließ sich ja nicht gut machen und ausgleichen, was schon fast ein halbes Jahrhundert verdorben hatte.

In des einst so reichen de Guerra's Hause war indeß die Sorge eingekehrt, denn schon früher aus den Minen eingetroffene und sehr ungünstige Berichte fanden in letzter Zeit ihre schlimmste Bestätigung und konnten, was das Schlimmste war, nicht länger geheim gehalten werden. Wer noch an ihn Forderungen hatte, und die Zahl seiner Gläubiger war nicht klein, kam und meldete sich. De Guerra's Kasse reichte aber nicht aus, um auch nur einen Theil der Gläubiger zu befriedigen und seine Lage wurde eine verzweifelte.

Leonardo war eben drüben bei seinem Vater gewesen, ihn um etwas Geld zu bitten, aber mit trockenen Worten und der Bedeutung, sich von jetzt an selber nach einer Lebensstellung umzusehen, abgewiesen worden, und ging nun, die Arme auf die Brust gekreuzt, den Blick am Boden heftend, mit raschen Schritten in seinem kleinen Gemache auf und ab. — Draußen klopfte es an.

„Entra!"

Die Thür öffnete sich und Don Guzman stand mit einem etwas erstaunten Gesicht auf der Schwelle.

„Caramba, Leonardo, Du ziehst ein finsteres Gesicht!" rief er, „ist etwas vorgefallen?"

„Nichts Außergewöhnliches oder Unerwartetes," erwiderte der Freund; „aber schließe die Thür — ich habe mit Dir zu reden."

„Das trifft sich dann ja ausgezeichnet," lachte der junge Wüstling, „denn ich mit Dir auch — aber hast Du nicht einen Schluck Wein bei der Hand? Mir ist die Kehle ganz ausgetrocknet."

„Nicht einen Tropfen," sagte Leonardo; — „doch was bringst Du mir?"

„Ich Dir?", sagte Guzman, indem er sich in einen Stuhl warf, „ich wüßte nicht, was ich Dir bringen sollte, aber holen möchte ich etwas. Ich bin gestern im Spiel unglücklich gewesen. Kannst Du mir sechs Unzen borgen?"

Leonardo lachte laut auf. „Das ist vortrefflich — geh hinüber zu meinem Vater und frage Den, welche Unterredung ich eben mit ihm gehabt?"

„Carajo!" brummte der junge Mann bestürzt in den Bart; „das wäre mir nicht lieb. Ich habe fest darauf gerechnet."

„Dann hast Du Dich verrechnet, amigo," sagte Leonardo bitter lachend, „denn dem Faß ist jetzt der Boden ausgestoßen; wir sind vollständig ruinirt und mein Vater hat mir eben erklärt, daß ich — wenn ich ferner leben wollte — arbeiten müsse."

„Arbeiten — pah!" rief Guzman — „was? Wachsfiguren machen, Kaffee pflügen oder Magehpflanzen plumpen! lächerlich — was sollten wir hier arbeiten? Wenn noch eine gute Anstellung bei der Steuer oder etwas Derartigem zu bekommen wäre, aber das habe ich lange versucht, und auf jeden offenen Posten lauern zwanzig Spekulanten. Nein, damit ist's nichts. Aber weshalb wolltest Du mich sprechen?"

Leonardo, der seine Wanderung wieder aufgenommen, blieb plötzlich vor dem Freunde stehen und sagte, aber mit halb unterdrückter Stimme:

„Du weißt, wovon ich mit Dir neulich sprach."

Guzman zog die Brauen finster zusammen. „Das ist vorbei," sagte er; „ich bin jetzt die letzten Tage auf alle Straßen hinaus geritten, und überall liegen und lauern die Cazabores, bis weit in die Hügel hinein. Und ein solcher Versuch da draußen wäre Wahnsinn — ich wenigstens denke gar nicht daran, meinen Kopf in eine solche Schlinge zu stecken."

„Und weißt Du, wann Dolores' Hochzeit sein soll?"

„Gewiß weiß ich's — heute in etwa vierzehn Tagen; und das junge Ehepaar geht dann mit einer Regierungs=Conducta nach Veracruz und schifft sich auf dem englischen Dampfer ein, um eine längere Vergnügungsfahrt nach Habana bis Trinidad hinunter zu machen."

Leonardo schwieg eine Weile und sah sinnend vor sich nie= der; „und hast Du bemerkt," begann er endlich wieder, „daß hier in Mexiko selber fast gar keine Patrouillen mehr die Stadt durchziehen? Juarez liegt daran, das Land in Ruhe zu halten, die Stadt dagegen hält er für sicher, und die Möglichkeit ist selbst noch da, uns — aus jeder Verlegenheit zu helfen."

„Und glaubst Du wirklich, daß es möglich wäre?"

„Ich glaube es nicht allein, ich weiß es gewiß," sagte de Guerra bestimmt, mit dem Kopf nickend; „und wenn Du mich dabei unterstützen willst, so kann es nicht mißlingen."

„Aber in welcher Weise?"

„Das will ich Dir mit einfachen Worten sagen. Du weißt, daß Juan Guitierrez jeden Vormittag mit der Eisenbahn in die Stadt kommt, und diese jeden Abend mit der nämlichen Ge= legenheit verläßt. Er schlägt dann jedesmal den nächsten Weg ein und passirt zu Fuß die Calle de Santa Clara. Dicht dabei nun habe ich unter einem anderen Namen und mit Hilfe meines Muchacho*), auf den ich mich fest verlassen kann, ein Quartier gemiethet. Gelingt es uns, ihn da hinein zu locken — und

---

*) Muchacho, eigentlich ein Knabe, aber auch Diener.

der Plan dazu ist so schlau wie nur möglich angelegt, — so haben wir ihn vollständig in unserer Gewalt."

„Und dann?" frug Guzman.

„Ja, dann hat es allerdings noch die Schwierigkeit, wie wir das Lösegeld in Empfang nehmen können, ohne uns einer direkten Gefahr auszusetzen", sagte Leonardo, mit dem Kopf nickend; „aber die Angst des Vaters, daß seinem Sohne ein Leid geschehen könne, hilft uns jedenfalls darüber hinweg. Laß mich da nur machen; ich habe passende Leute dazu und einen, wie ich glaube genügenden Plan ersonnen, um uns auch aus dieser Verlegenheit zu helfen; aber Deiner Mitwirkung bedarf ich ganz entschieden zur Ausführung. Bist Du dabei?"

„Und wie viel Lösegeld sollen wir verlangen?"

„Ich glaube, wir könnten jede Summe nennen, Guitierrez würde sie zahlen", sagte Leonardo nachdenkend; „aber wir dürfen auch nicht zu scharf sein, und ich denke 100,000 Pesos wird er ohne Weiteres geben."

„Caramba," sagte Guzman, von der Summe selber in Staunen gesetzt; „aber wenn er das selber in Gold zahlen wollte, so brächte es ein Maulthier gar nicht fort." —

„Und wir wüßten nachher nicht, was wir damit anfangen sollten," nickte Leonardo — „nein, das ginge nicht — er muß uns zweihundert Unzen extra in Gold und die Hauptsumme in acceptirten Wechseln auf Veracruz geben, die wir von Habana oder sonst woher einschicken können."

„Dann verbannen wir uns selber aus Mexiko," rief Guzman erschreckt.

„Nur auf so lange, als wir Zeit gebrauchen, um das Geld einzukassiren."

„Und wie lange wird das dauern, bis die Wechsel in Vera=

cruz präsentirt und acceptirt werden können? Was machen wir in der Zeit mit dem Gefangenen, und wie ist es nur möglich, ihn so lange verborgen zu halten? Werden wir aber entdeckt, so sind wir auch verloren; und erkennt er uns nur oder faßt Verdacht, wer wir sind, so dürfen wir nur machen, daß wir fortkommen."

„Doch vielleicht noch nicht," sagte Leonardo, mit düster zusammengezogenen Brauen; — „es wäre das nur schlimmer für ihn, denn es bliebe uns nachher nichts weiter übrig, als — uns seines Schweigens zu versichern."

„Und das Geld?"

„Läßt sich trotzdem sehr leicht einkassiren — aber veremos — wozu jetzt schon auf Möglichkeiten hin Pläne entwerfen, die vielleicht nie benutzt zu werden brauchen. Weißt Du einen besseren, weißt Du nur einen anderen Rath, uns Geld zu verschaffen, so nenne ihn. Wenn er die geringste Aussicht auf sicheren Erfolg bietet, so bin ich gern bereit, Dich zu unterstützen."

„Carajo!" fluchte der junge Wüstling, „hab' ich mir nicht schon Monate lang umsonst den Kopf darüber zerbrochen? Aber ich fand Nichts, und sitze jetzt so total auf dem Trockenen, daß ich nicht einmal mehr Geld genug habe, mir nur ein Glas Wein zu kaufen. Ich muß, wenn Du mir Nichts borgen kannst, schon heute einen von meinen Ringen oder meine Uhr versetzen, um nur wieder auf kurze Zeit flott zu kommen."

„Und in der nämlichen Lage befinde ich mich ebenfalls," sagte Leonardo; — „unsere große Hacienda hat mein Vater schon gleich nach Juarez' Einzug in die Hauptstadt verkauft, um die Mine wieder mit allen Kräften in Angriff zu nehmen, und auch sehr schätzbares Baumaterial, aber keinen Real Silber mehr herausgeschafft. Jetzt steckt die ganze Hacienda in den leeren Löchern, und da ich keine Lust verspüre, mir einfach eine Kugel durch den Kopf zu schießen, so bleibt mir, wie Dir, nichts Anderes übrig, als zu irgend einem verzweifelten Mittel unsere Zuflucht zu nehmen."

„Aber wird man nicht gerade da auf uns Verdacht schöpfen," warf der noch immer ängstliche Guzman ein, — „wenn man uns in der ganzen Zeit nicht sieht —"

„Dann allerdings wäre es möglich; aber das ist auch gar nicht nöthig und meinem Plan nach darf das und braucht das nicht zu geschehen. Einer muß allerdings bei dem Gefangenen Wache halten, denn wir dürfen uns keiner Gefahr aussetzen, die der Zufall herbeiführen könnte; aber abwechselnd zeigen wir uns fortwährend in der Gesellschaft. Ueberlaß das Alles nur auch mir, Guzman, und sei überzeugt, daß ich nichts vergessen oder versäumt habe, um unseren Plan zu fördern."

„Und wann glaubst Du, daß es möglich sein wird, ihn auszuführen?"

„Quien sabe?" sagte achselzuckend der junge Verbrecher; „es bleiben uns noch verschiedene Tage Raum, um unsere Zeit abzupassen, aber wir müssen von jetzt an jeden Tag auf der Lauer liegen."

„Und wo ist das Lokal —"

„Komm mit mir," — erwiderte Leonardo, seinen Hut aufgreifend; „so viel Geld habe ich außerdem noch, um eine Flasche Wein zu zahlen, und das Weitere besprechen wir dann unterwegs."

Viertes Kapitel.
Der Ueberfall.

Sennor Arvila hatte es sich nicht nehmen lassen, die Hochzeit des jungen Paares in seinem Hause zu feiern, und seit mehreren Tagen wurden die äußerst glänzenden Vorbereitungen dazu schon getroffen. Der eine große Saal war vollkommen neu dekorirt worden, und überall entfaltete sich eine Pracht, die wirklich ihres Gleichen suchte. Liebt es doch der Mexikaner, seinen Reichthum zu zeigen, und war durch die drei vollen Jahre, die das Kaiserreich gewährt, nur noch mehr dazu angeleitet worden.

Der junge Guitierrez kam dabei jeden Tag von seines Vaters Landsitz in Tacubaya, manchmal zu Pferd, manchmal mit dem Bahnzug, in die Hauptstadt und verließ, wenn zu Pferd, der Geliebten Haus wieder schon vor Sonnenuntergang, sonst aber erst später am Abend, um mit dem letzten Train in seine Heimath zurückzukehren. In letzterer Zeit zog er aber diesen Verkehrsweg dem ersten vor, weil er damit so viel länger bei der Geliebten weilen konnte, denn mit Gewalt fast mußte er sich ja an jedem Abend von dem wahrhaft bezaubernden Wesen losreißen, das jetzt sein ganzes Herz fest und in Banden hielt.

Er fing auch jetzt schon an, die Stunden zu zählen, die noch zwischen heute und seinem Glück lagen, und vollständig mit diesem Gedanken beschäftigt, schritt er hinter der Kathedrale weg, seinem Ziel, dem Halteplatz des Zuges in offener Straße entgegen, wo die Passagiere gewöhnlich einstiegen — denn einmal im Gang, wurde unterwegs nicht mehr angehalten.

Es war Dämmerung, d. h. die Sonne eben hinter den

westlichen, das Plateau von Mexiko umschließenden Hügeln versunken, und es herrschte drin in den Straßen der Stadt noch jenes eigenthümliche Zwitterlicht, das in den Tropen nur sehr kurze Zeit anhält und der fast unmittelbar darnach einbrechenden Nacht vorangeht.

Don Juan, glücklich in seinen Träumen, verfolgte, ohne auf seine Umgebung zu achten, den Weg, der ihn nur in kurzer Strecke der Station entgegenführte. Es waren gerade in diesem Theil der Stadt auch wirklich nur wenige Menschen auf der Straße, da sich zu dieser Tageszeit Alles der Plaza zuzog. Ihm entgegen kam eine schlanke Frauengestalt, in ihren Rebozo so eingeschlagen, daß er das Gesicht zum größten Theil verhüllte — nur die dunklen Augen blitzten zwischen den Falten des Ueberwurfs hervor; aber er achtete nicht auf sie, ja bemerkte sie wohl kaum, bis sie, etwa zehn Schritte vor ihm, plötzlich umdrehte und ihm voranschritt.

Da er etwas, wenn auch nur wenig, rascher ging als sie, überholte er sie nach einiger Zeit. Sie hörte jedenfalls die Schritte hinter sich und wollte rasch zur Seite biegen, als sie mit dem Ausruf: Jesus! zusammenknickte und sich mit der rechten Hand am Boden stützte.

Dadurch wurde auch Juan auf sie aufmerksam — der Rebozo war von ihrem Antlitz herabgefallen, das jugendlich schöne, aber jetzt durch Schmerz entstellte Züge verrieth.

„Haben Sie sich weh gethan, Sennorita?" sagte er freundlich, indem er neben ihr stehen blieb.

„O, den Fuß vertreten — wie ich ausbiegen wollte," sagte das junge Mädchen mit zusammengebissenen Zähnen — „es sticht so häßlich — o, bitte, Sennor, reichen Sie mir Ihre Hand, daß ich nur in die Höhe komme!"

Juan half ihr bereitwillig vom Boden auf und stützte sie hier, während sie den geschädigten Fuß versuchte — aber es ging nicht.

„Oh, par Dios! — was soll ich jetzt anfangen?" stöhnte das arme Kind, das kaum siebzehn Jahre zählen konnte und, wie Juan jetzt bemerkte, wirklich bildhübsch war — „so nahe zu meinem Hause und ich kann nicht weiter!"

„Wo wohnen Sie, Sennorita?" sagte Juan freundlich, den das junge Wesen dauerte — er sah sich auch vergebens nach Hilfe um — an der anderen Seite schritten ein paar Soldaten vorüber — denen mochte er sie nicht anvertrauen — hier an ihnen vorüber kam eine alte Indianerin.

„O, gar nicht weit von hier," klagte das junge Geschöpf; „nur wenige Häuser! Wenn Sie mich dahin führen wollten, Sennor, ich wäre Ihnen sehr dankbar."

„Ich habe freilich nicht lange Zeit, mein schönes Kind," sagte Juan, dabei nach seiner Uhr sehend; „aber ich kann Sie hier auch nicht allein und hilflos auf der Straße lassen. Wo ist Ihre Wohnung?"

„Hier gleich um die nächste Ecke, an der Calle del Factor — in den ersten Häusern. Es ist so nahe und ich bin doch jetzt nicht im Stande, sie allein zu erreichen. Die heilige Jungfrau selber hat Sie mir gesandt."

„Wenn auch keine heilige," lächelte Juan, „doch eine wunderliebliche. So kommen Sie, Sennorita, stützen Sie sich fest auf mich, recht fest. Schonen Sie nur den Fuß, daß Sie keinen falschen Tritt thun — oder soll ich Sie die kurze Strecke tragen? Es geht vielleicht so viel rascher."

„Ach, nein, Sennor," bat das junge Mädchen schüchtern: „es geht schon so, wenn Sie nur ein klein wenig Geduld mit mir haben. Der Fuß ist gar auch wohl noch nicht geschwollen. Sehen Sie, es geht recht gut; nur jetzt hinüber, es ist gar nicht mehr weit, ich kann schon das Haus sehen, — o, wie danke ich Ihnen Ihre Hilfe."

Juan hatte das junge, bildhübsche Mädchen umfassen müssen, um sie aufrecht zu halten, denn sie schien den kranken Fuß gar nicht benutzen zu können, und das Herz klopfte ihm doch ein wenig lebendiger, als sich der warme Körper der Leidenden dagegen lehnte und daran ruhte — aber er bezwang sich. Wenn ihn freilich jetzt in dieser Situation Dolores gesehen hätte, wie wäre er im Stande gewesen, sich zu rechtfertigen? — aber in der ganzen kleinen Straße sah er nur Leute aus den untersten Volksklassen, brauchte also unter diesen keinen Verräther seiner überdies harmlosen, ja menschenfreundlichen und christlichen Handlung zu fürchten, und fand auch bald, daß er mit seinem jungen Schützling weit rascher vorrückte, als er es anfangs geglaubt. Wenn sie auch auf den verletzten Fuß noch nicht fest auftreten konnte, so schien sie ihn doch mit zu benutzen, und nach verhältnißmäßig kurzer Zeit erreichten sie das von der jungen Fremden bezeichnete Haus, dessen Thür, ganz gegen die sonstige mexikanische Sitte, nur angelehnt war.

„Und hier wohnen Sie, Sennorita?" sagte Juan etwas erstaunt, indem er einen Blick auf die oben Fenster warf; „das Haus sieht vollständig unbewohnt aus."

„Wir haben die Zimmer nach dem Hof zu inne," sagte das junge Mädchen; „nur noch wenige Schritte und meine Mutter wird Ihnen selber für die Hilfe danken, die Sie mir, einer vollkommen Fremden, geleistet."

Juan stieß die Thür auf — da drinnen war es schon völlig dunkel.

„Wie kommen wir durch den finsteren Gang?" sagte er. „Ich führe Sie," flüsterte das junge Mädchen; „ich kenne hier jeden Schritt."

Die beiden jungen Leute betraten den inneren Raum, als gleich darauf die Hausthür zugeschlagen und von innen ein Riegel vorgeschoben wurde. Das dauerte etwa fünf Minuten — drinnen war Alles still, dann öffnete sich die Thür wieder. Eine jugendliche, weibliche Gestalt, fest in ihren Rebozo eingehüllt, huschte heraus und glitt wie ein scheues, flüchtiges Reh die Straße hinab.

* * *

Am nächsten Morgen — es mochte zehn Uhr sein — saß Don Jose bei seiner Chokolade und las das eben eingetroffene Diario official, das jetzt zum großen Theil die von Maximilian hinterlassenen oder von Verräthern aufgekauften Dokumente veröffentlichte. Was den alten Herrn dabei am meisten interessirte, waren gesammelte Notizen aus der Zeit des Kaiserreichs, und zwar durch die frühere kaiserliche Regierung selber aufgestellt: Kurze Charakteristiken von hervorragenden Persönlichkeiten oder Beamten, die sich der kaiserlichen Regierung zur Verfügung gestellt hatten, und welche die jetzigen Minister mit der Ueberschrift ausstatteten: Los traidores, pintados par su mismos (die Verräther durch sich selbst skizzirt). Und es waren allerdings keine schmeichelhaften Bilder für manche damals hochstehende Mexikaner, die oft den höchsten Rang bekleideten, denn ihre Vergangenheit wurde da, allerdings mit sehr kurzen, aber oft auch sehr scharfen Worten, bloßgelegt. Das ganze Verzeichniß kam auch alphabetisch in den täglichen Nummern heraus, und Mancher, der sich jetzt schon wieder schmiegsam in die Republik gefügt und sich wohl gar um eine Anstellung beworben hatte, erwartete damals mit Zittern und Zagen seinen Anfangsbuchstaben, ob er nicht selber dort von der Regierung den traidores angereiht sei und sich dann natürlich sobald keine Hoffnung machen durfte. Man verfolgte die hier Aufgezählten allerdings jetzt nicht mehr, aber man betrachtete sie doch noch immer mit Mißtrauen, das natürlich nun durch die, welche selber in vakante Stellen ein= rücken wollten, geschürt wurde.

Einer der Diener kam herein und legte die eben einge= gangenen Briefe vor Don Jose auf den Tisch.

"Juan hat sich heute verspätet," sagte lächelnd Sennora Arvila, die in einem Rohrschaukelstuhl lehnte; "der zehn Uhr Zug ist lange herein und er noch nicht hier."

"Ich werde ihn tüchtig necken, wenn er kommt," sagte lächelnd Dolores, "er hat es heute jedenfalls verschlafen, denn sonst früh= stückte er doch mit uns an jedem Morgen."

"Er kann auch Abhaltung bekommen haben," entschuldigte ihn die Mutter. "In einer Stunde kommt der nächste Zug und mit diesem trifft er sicher ein."

"Das wollte ich mir auch ausgebeten haben," erwiderte Dolores, und wiegte dabei das kleine allerliebste Köpfchen sehr selbstbewußt auf und nieder; "wenn er jetzt schon anfinge, seine Braut zu vernachlässigen, wie sollte das nachher erst später werden?"

Don Jose hatte die verschiedenen Briefe aufgegriffen, flüch= tig angesehen und die ihm wichtig scheinenden zuerst erbrochen und überlesen. Einige Bittgesuche fand er dabei, denn die Kunde von seiner reichen Mine hatte sich rasch in der Stadt verbreitet, und es giebt da überall Menschen, die eine solche Ge= legenheit nicht unbenutzt vorüberlassen, um auch für sich einen Abfall zu erlangen.

Don José legte diese Briefe besonders zusammen; er hatte ein gutes Herz und half, wo er irgend konnte.

Nur noch zwei Briefe waren übrig, der eine mit der Stadtpost gekommen, der andere von einer seiner Haciendas, worin ihm sein Verwalter meldete, daß er jetzt wieder die vollzähligen Arbeiter habe und nun ernstlich daran gehen werde, um alles das Versäumte nachzuholen.

Er öffnete jetzt den letzten Brief und sah zuerst nach der Unterschrift, drehte ihn aber erstaunt wieder um, denn darunter standen nur allein die Worte: un amigo — Ein Freund? Was hatte ihm ein Freund anonym zu schreiben? Er las den Brief mit flüchtigen Blicken durch — rückte in seinem Stuhl und las von Neuem.

Sennora Arvila schaute wie zufällig nach ihm hinüber und rief erschreckt aus:

„Ave Maria! Jose, Du bist ja todtenbleich geworden — was hast Du? Von wem ist der Brief?"

„Oh — nada — nada!" sagte Don José ausweichend; „ein Scherz — es ist Nichts."

„Ein Scherz?" rief die Sennora, erschreckt von ihrem Stuhl emporfahrend; „ein Scherz, der Dir alles Blut aus dem Antlitz treibt? Die heilige Jungfrau bewahre mich vor solchen Scherzen! Was ist es, Jose? Darf ich es nicht wissen?"

„Nichts, nichts, mein Kind," sagte der alte Herr, indem er aber den Brief zusammenfaltete und in seine Brusttasche schob; „ein etwas — ein etwas ungeschickter Scherz von Freund Guitierrez, hahahaha! — er hat mich richtig damit angeführt, hahaha!" und er stand auf und verließ, ohne seine Chokolade auszutrinken, das Zimmer.

Dolores sah ihre Mutter groß und bestürzt an. So sonderbar hatte sie den Vater noch nie gefunden, und auch nicht so zerstreut. Alle seine übrigen Briefe ließ er zurück, und das that er sonst nie. War wirklich etwas vorgefallen? — Aber was? Und Guitierrez hatte an ihn geschrieben?

„Was hat Papa nur?" frug sie, als er kaum das Zimmer verlassen; „er war so merkwürdig — so wie sonst nie."

„Ich begreife es nicht," sagte aber auch die Sennora. „Don Augustin sollte sich einen Scherz mit ihm gemacht haben? Das sieht ihm gar nicht ähnlich, und von einer humoristischen Seite habe ich ihn eigentlich noch nie kennen gelernt."

„Wenn nur nichts passirt ist," rief Dolores ängstlich.

„Aber, bestes Kind, was soll passirt sein?" entgegnete die Mutter, doch schien sie selber nicht so recht an ihre Worte zu glauben — „der Vater lachte ja auch."

„Ja, Mama, das war aber kein natürliches Lachen," rief Dolores; „das klang gar nicht so, als wenn er sich sonst über etwas amüsirt. Es kam mir wenigstens so vor, als ob er uns nicht wolle merken lassen, was da in dem Brief gestanden habe; aber ich begreife selber nicht, was es nur gewesen sein kann."

„Ich werde einmal zu ihm hinübergehen," sagte die Mutter, entschlossen von ihrem Stuhl aufstehend; „ich muß ihm ja doch seine Briefe bringen, und mir wird er schon erzählen, was ihn überrascht hat. Ich bin gleich wieder da, Dolores — Ave Maria! Er hat nicht einmal seine Chokolade ausgetrunken."

„Dann ist auch etwas vorgefallen, Mama!" rief Dolores bestürzt; „o Du mein Himmel, und von Juan's Vater war der Brief!"

„Sorge Dich nicht, Kind; sorge Dich nicht," sagte die Mutter, mit dem Kopf schüttelnd; „was könnte denn nur vorgefallen sein? Wahrlich nichts, was uns beunruhigen dürfte."

Warte nur, ich bin gleich wieder bei Dir," und mit viel rascheren Schritten, als sie sonst zu gehen gewohnt war, verließ sie das Zimmer. Wie sie aber nun die Thür ihres Gatten öffnete, fand sie ihn nicht und frug den dort aufräumenden Peon oder Diener nach ihm.

„Ausgegangen, Sennora," sagte dieser; „eben die Treppe hinunter."

„Ausgegangen?" rief Donna Lucinde erstaunt, „aber er war ja noch gar nicht angezogen."

„O, Sennor hat sich angezogen Hals über Kopf," sagte Blas, ein junger indianischer Bursche; „hatte viel Eile und machte sehr rasch."

„Wie lange ist er fort?"

„Eben die Treppe hinunter, wie Sennora kam."

„Dann spring' ihm einmal nach und sieh, wo er hingeht, Blas," sagte die Sennora rasch; „und wenn Du das weißt, kommst Du augenblicklich zurück und bringst mir Antwort — hast Du mich verstanden?"

„Como no Sennora!" rief der junge gelenke Bursche, und sprang schon in der nächsten Minute mit langen Sätzen die Treppe hinab. Es dauerte aber gar nicht lange, so kehrte er zurück, fand aber die Sennora noch immer unruhig auf dem mit Blumentöpfen reich ausgestatteten Korridor auf= und ab= gehend, denn eine eigene Angst hatte sie erfaßt, von der sie sich selber keine Rechenschaft geben konnte.

„O Sennora!"

„Du bist schon zurück, Blas?" rief Donna Lucinde, sich wirklich erschreckt und rasch nach ihm umdrehend, „kommt der Sennor?"

„Der Sennor! Nein!" sagte der kleine Bursche erstaunt; „ist ja eben erst von hier fortgegangen."

„Aber wohin? Habe ich Dich denn nicht ihm nachgesandt, um das zu erfahren?"

„Gewiß, Sennora, habe es auch gethan und bin ihm gefolgt, bis er in die Polizei hinein ging."

„In die Polizei?" rief die Frau, indem sie erstaunt vor dem jungen Burschen stehen blieb und mehr mit sich selber als zu diesem sprach: „was, um der heiligen Jungfrau willen, kann er da zu thun haben?"

„Quien sabe, Sennora?" sagte Blas, mit den Achseln zuckend; „ist uns gestern das Halfter von dem Wasser-Esel aus dem Hof gestohlen worden, möglich, daß es der Sennor anzeigen will."

„Es ist gut, Blas," sagte Sennora Arvila zerstreut; „Du kannst wieder gehen. Es ist möglich, ja, es — es kann nichts Anderes sein," und nur noch mehr beunruhigt, was aber der Bursche nicht zu merken brauchte, schritt sie in das Wohnzimmer zurück. Und Juan kam noch immer nicht. Jetzt mußte auch der elf Uhr Zug schon lange herein sein, über den er sonst nie ausgeblieben war, so daß sich Dolores selber beunruhigt und eigentlich mehr noch gekränkt fühlte. Es waren ja die letzten Tage vor ihrer ehelichen Verbindung, und wenn er sie da schon vernachläßigte, wie sollte es dann erst später werden? — aber der unglückliche Brief — wenn ihm nun ein Unglück zugestoßen war?

Endlich kehrte der Vater zurück und seine erste Frage war, ob Don Augustin noch nicht eingetroffen sei. Don Augustin, der eigentlich nie Morgens in die Stadt kam? — und nach Don Juan frug er gar nicht?

„Nein, Papa," rief Dolores halb geängstigt; „Don Augustin haben wir noch mit keinem Auge gesehen, aber ebenso wenig Don Juan; ist etwas vorgefallen? Du siehst so verstört aus, Papa! um Gotteswillen, sage es mir, oder ich ängstige mich ganz schrecklich, und vielleicht unnöthiger Weise."

„Wenn Du Dich ängstigtest, Queriba," sagte Don Jose, aber doch mit einem etwas erzwungenen Lächeln, „so würdest Du es allerdings unnöthiger Weise thun. Komm, mein Herz, sei vernünftig. Daß Dein Bräutigam noch vor der Hochzeit Manches zu besorgen hat und nicht den ganzen Tag bei Dir verträumen kann, ist doch wohl natürlich. Ich bächte auch, er hätte davon gesprochen, daß ihn Geschäfte auf einen oder zwei Tage nach Cuernavaca riefen."

„Ich weiß kein Wort davon, Papa!" rief Dolores rasch; „mir hat er keine Silbe davon gesagt."

„Er hat es vielleicht vergessen."

„Vergessen, wenn er mich in zwei Tagen nicht sehen sollte? Aber, Papa, das ist doch rein unmöglich — es wäre so herzlos."

„Oder ich irre mich auch," sagte der Vater zerstreut; „es war mir nur so, als ob er mir etwas Derartiges gesagt hätte; ich weiß es nicht gewiß."

„Du bist so sonderbar heute, Papa!" sagte Dolores, und sah ihn erstaunt und auch halb forschend an; „so ganz anders wie sonst. Was hast Du nur?"

„Ich, Herz? Was sollte ich haben?" erwiderte ausweichend der Vater; „Geschäftssachen höchstens, ein unangenehmer Brief heute Morgen. Die Verhältnisse sind in unserm Lande noch so ungeregelt, daß manchmal ganz unberechenbare Zwischenfälle eintreten."

„Aber Dir geht etwas Anderes im Kopf herum, Papa,"

sagte die Tochter leise und legte, indem sie ihm fest in's Auge sah, ihre kleine weiße Hand auf seinen Arm; „dürfen wir's nicht wissen? Betrifft es uns nicht mit?"

„Nein, Chiquita", lächelte der Vater, indem er langsam mit dem Kopf schüttelte, aber trotzdem ihrem Blick nicht lange begegnen mochte. „Ich habe Dir schon gesagt, sorge Dich nicht unnöthiger Weise, denn wenn Dein Juan Dich heute noch nicht besucht hat, so wird er seine triftigen Gründe dafür haben und wahrscheinlich desto mehr an Dich denken."

Arvila's Hausdiener steckte in diesem Augenblick den Kopf in die Thür.

„Sennor! Don Augustin ist eben gekommen und in Ihr Zimmer gegangen."

„Ah, bueno!" rief Don Jose, indem er rasch von seinem Stuhl aufstand. „Wir haben noch Einiges über Geldangelegenheiten zu verhandeln; also seid so gut und stört uns nicht, Kinder!" und ohne eine Antwort abzuwarten, verließ er das Zimmer und schritt über den Korridor hinüber, seiner eigenen an der andern Seite desselben gelegenen Arbeitsstube zu.

Frau und Tochter ließ er aber nichts weniger als beruhigt zurück, denn sein ganzes Betragen war sowohl ungewöhnlich wie erregt, und dann auch konnten sie sich nicht denken, was diese geheime Unterredung mit Juan's Vater bedeutete. Geldangelegenheiten? Gewiß nicht — die waren alle längst und leicht geregelt worden; weshalb also jetzt das Geheimniß, wenn nicht irgend etwas recht Außergewöhnliches vorlag, was sie mit betreffen mußte oder man hätte ihnen nicht verschwiegen, um was es sich handle.

Fünftes Kapitel.
Der Brief.

Don Augustin erwartete in der That in dessen Studirzimmer den Freund, aber er ging mit unruhigen Schritten darin auf und ab und sein Antlitz sah bleich und verstört aus, seine Lippen waren zusammengedrückt, und nur dann und wann entrang sich ein tiefer, angstgepreßter Seufzer seiner Brust. Erst als sich die Thür öffnete, drehte er sich hastig danach um und stand im nächsten Augenblick Don Jose, der aber vorsichtig die Thür wieder hinter sich schloß und den Riegel vorschob, gegenüber.

„Don Jose," stöhnte er und brachte die Worte kaum über die Lippen, „was ist mit Juan geschehen? Er ist die Nacht nicht nach Hause gekommen und diese Zeilen nur erhielt ich heute Morgen mit dem ersten Zug."

Mit zitternden Händen griff er in seine Brusttasche und holte dort ein ziemlich zerknittertes Papier heraus, das aber nur die wenigen, freilich inhaltschweren Worte enthielt:

„Sennor! Ihr Sohn ist in unseren Händen — es soll ihm Nichts geschehen, wenn Sie sich unseren Bedingungen fügen; im anderen Falle sehen Sie ihn nie wieder. Bereden Sie sich mit Sennor Arvila. Er weiß das Nähere.
Los descontentos."

Don Jose nahm den Zettel und überlas ihn flüchtig.

„Und Don Juan ist die Nacht nicht nach Hause zurückgekehrt?" fragte er endlich.

„Nein," sagte Don Augustin mit zitternder Stimme. „Anfangs sorgten wir uns auch nicht beshalb. Wir glaubten, er hätte nur den letzten Zug versäumt, und da er kein Pferd mitgenommen, vorgezogen, die Nacht hier in irgend einem Hotel zu verbringen. Wir erwarteten ihn deshalb in aller Ruhe mit dem ersten Zuge. Statt dessen aber kam dieser Brief und ich bin jetzt in Todesangst hereingeeilt, um das Nähere von Ihnen zu erfahren. Weiß denn Ihre Frau — Ihre Tochter?"

„Nein, Nichts!" sagte Don Jose. „Sie fühlen sich nur beunruhigt, daß Juan heute Morgen nicht gekommen ist, und Sie statt seiner. Sie ahnen auch wohl, daß irgend etwas vorgefallen, aber nicht das Richtige."

„Und was ist vorgefallen?" rief Sennor Guitierrez in furchtbarster Aufregung; „um der heiligen Jungfrau willen, Don Jose, spannen Sie mich nicht noch auf die Folter, sondern lassen Sie mich Alles wissen."

„Sie müssen Alles wissen," sagte Arvila ruhig; „denn nur dadurch kommen wir zu einem Ziel. Hier diesen Brief erhielt ich heute Morgen. Bitte, lesen Sie ihn ruhig durch — ich glaube auch noch immer, daß es nur ein Schreckschuß ist, denn die ganze Sache scheint mir zu undenkbar, aber lesen Sie nur."

Don Augustin suchte in allen Taschen nach seiner Brille. Er befand sich in einer so furchtbaren Aufregung, daß er sich nicht einmal auf seinen Füßen halten konnte, sondern einen Stuhl suchen mußte. Endlich fand er seine Gläser und las jetzt mit halblauter, nur von einzelnen erschreckten Ausrufungen unterbrochener Stimme das mit fester und entschiedener Hand geschriebene Schriftstück. Es lautet:

„Sennor! Wenn es der Unterzeichnete wagt, Ihnen mit einer Bitte zu nahen, so geschieht es nur in der festen Ueberzeugung, daß Sie, wie Ihr Freund und baldiger Verwandter, Sennor Guitierrez, dieselbe mit allen Nebenbedingungen auf das Sorgfältigste und Prompteste erfüllen werden. Doch lassen Sie mich zur Sache kommen: Sennor Don Juan Guitierrez, der Bräutigam Ihrer einzigen Tochter Dolores, ist in unserer Gewalt. Wie sich das gemacht hat, thut hier Nichts zur Sache. Wir bedauern es vielleicht jetzt selber, denn es war ein etwas gewagtes Spiel und wir werden, wenn wir ihn wieder frei= geben, zu gleicher Zeit unser Heimathland, unser schönes Mexiko verlassen müssen, um uns nicht späteren Unannehmlichkeiten auszusetzen. Zu diesem Zweck brauchen wir aber Geld — viel Geld, denn wir sind gewohnt, anständig zu leben, und dürfen unserem Vaterland im Ausland keine Schande machen. Wir ersuchen Sie deshalb, uns in guten und in Veracruz schon acceptirten Wechseln, so daß wir sie in irgend einer an= deren amerikanischen Hafenstadt verkaufen können — und zwar in vier verschiedenen Wechseln 100,000 Pesos, also jeden Wechsel zu 25,000 Pesos zu überliefern. Ich bemerke Ihnen dabei, daß wir mit der Unterschrift der verschiedenen großen Häuser in Mexiko und Veracruz nicht allein selber vertraut sind, sondern hier auch noch Freunde haben, bei denen wir uns Ge= wißheit verschaffen können.

„Erst wenn wir darüber vollkommene Sicherheit haben, wird Don Juan freigegeben werden, und wir sind dabei über= zeugt, daß Sie, mit einigem guten Willen, das ganze Geschäft in acht Tagen sehr leicht reguliren können, damit der arme junge Mann den Armen seiner sich vielleicht um ihn ängstigen= den Braut zurückgegeben wird.

„Glauben Sie auch ja nicht, in anderer Weise irgend etwas zu seiner Befreiung beitragen zu können. Er befindet sich, wenn diese Zeilen in Ihre Hände gelangen, schon außer dem Bereich Ihrer Nachforschungen und in den Gebirgen.

Sollten Sie uns aber gar in der Zahlung täuschen wollen, ober noch schlimmer, mit polizeilicher Hilfe unsere Spur zu finden suchen, so — es thut mir wirklich leid, das Wort aussprechen zu müssen — so stirbt Don Juan, denn wir sind gezwungen, ihn zu tödten, unserer eigenen Sicherheit wegen.

„Wir haben heute den 5. und wollen Ihnen Frist bis zum 12. geben. Am 12. Nachts mit dem Schlag 12 Uhr muß Ihr Bote mit den Wechseln die Calzada de Guadalupe passiren und, wenn er einem Fremden begegnet, das Wort veridad zweimal sprechen; — empfängt er dann die Antwort por siempre, so mag er dem Fremden getrost die Papiere übergeben, denn sie werden in die richtigen Hände gelangen. Nach Prüfung derselben aber, und wenn sie für gut befunden sind, soll Don Juan seine Freiheit erhalten, und zwar sobald die Betreffenden genügenden Vorsprung gewonnen haben, um sich nicht mehr gefährdet zu sehen.

„Sollten Sie, verehrter Sennor, aber eine List gebrauchen, um den Empfänger der Wechsel in Ihre Gewalt zu bekommen — was außerdem sehr schwer sein würde, da wir Hilfe bei der Hand haben, so könnte Ihnen das erstlich gar nichts nützen, da der Mann nichts weiter weiß, als daß er eben etwas Geld und einige Schriftstücke überliefert bekommt, und dann würde es den sofortigen Tod Don Juan's zur Folge haben.

„Dem Ueberbringer der Wechsel ersuchen wir Sie nämlich, nur noch 200 Unzen in Gold mitzugeben, damit wir Reisegeld in Händen haben, um Mexiko so rasch als möglich zu verlassen und dann erst später durch Unbetheiligte, unsere Wechsel einzukassiren.

„Ich glaube, damit ist Alles erschöpft, was ich Ihnen sagen könnte. Seien Sie versichert, daß wir jede Vorsichts=

maßregel getroffen haben, und daß das Leben Ihres künftigen Schwiegersohnes jetzt allein von Ihrer Discretion und Liberalität abhängt.

„Es ist heute Morgen ein Brief an Sennor Guitierrez in Tacubaya abgegangen, der diesen Herrn auffordert, sich mit Ihnen in's Vernehmen zu setzen. Wollen Sie also das Glück Ihres einzigen Kindes, so folgen Sie genau der Ihnen hier gegebenen Weisung. Dieses räth Ihnen treu und aufrichtig

un amigo."

Don Augustin ließ den Brief, als er geendet, erschöpft auf sein Knie niedersinken, und nur die Worte „mein Sohn — mein Sohn!" rangen sich krampfhaft aus seiner Brust. Don Jose ging indessen mit raschen Schritten und gesenktem Haupt durch das Zimmer. Wie er endlich wieder vor dem Freund stehen blieb, sagte er mit bewegter, aber immer noch halb unterdrückter Stimme:

„Wie er jenen Buben in die Hände gefallen ist, begreife ich nicht. Er verließ gestern Abend, wie gewöhnlich und noch vor völlig eingebrochener Dunkelheit, unser Haus, um den letzten Zug nach Tacubaya zu benutzen. Die Straßen sind in dieser Zeit ja noch belebt, und der Zug selber hält nirgends unterwegs an."

„Und wenn er den Zug nun versäumt hat und im Begriff war, den nicht übermäßig langen Weg zu Fuß zurückzulegen?" sagte der Vater, angstvoll zu dem Freund aufsehend; — „oh, ich habe ihn so gebeten, das nie zu thun und lieber hier in Mexiko in irgend einem Hotel zu übernachten."

„Das wäre der einzig mögliche Fall," nickte Don Jose nachdenkend mit dem Kopf. „Wir leben ja hier jetzt in so verzweifelten Zuständen, daß man es kaum am hellen Tage wagen darf, die

Stadt allein zu verlassen. Aber was dann? dann haben sie den unglücklichen jungen Mann auch wirklich — woran ich noch zweifelte — in die Berge geschleppt, und es wird uns nichts übrig bleiben, als die Summe einfach in der angegebenen Weise zu zahlen."

„Und denken Sie an den neulichen Fall," sagte Guitierrez entsetzt, „wo die Buben einen solchen Unglücklichen zwangen, den Brief an seine Eltern zu schreiben und sie um Lösegeld zu bitten, um ihn dann mit kaltem Blut zu ermorden. Oh, um Gott! um Gott! vielleicht lebt mein armer, unglücklicher Sohn schon gar nicht mehr."

„Unsinn," sagte Arvila, unwillig mit dem Kopf schüttelnd; „welchen Gedanken geben Sie sich jetzt hin! Dem Gesindel ist es darum zu thun, Gold zu gewinnen und keine weitere Gefahr dabei zu laufen, der Fall aber gerade, den Sie erwähnen, hat jenen Herren bewiesen, daß sie doch nicht ungestraft Alles thun können. Sie wurden erwischt und gehangen, und das war jedenfalls eine gute Lehre für den Rest. Nein, eine Wiederholung dieser wahrhaft teuflischen Grausamkeit haben wir, eben nach jenem einen Beispiel, nicht so leicht zu fürchten. Ich möchte nur nicht den Canaillen das Gold in den Rachen stopfen, wenn ich eben einen anderen Ausweg sähe."

„Aber was können wir thun?" klagte Guitierrez.

„Ich war vorhin beim Polizeidirektor," sagte Arvila.

„Um der heiligen Jungfrau willen!" rief Don Augustin erschreckt; wenn die Buben das erfahren, und sie haben überall ihre Spione, so ist mein armer Sohn verloren."

„Haben Sie keine Angst," sagte Arvila, „ich mußte ihn doch um Rath fragen, und bat ihn dabei, hier in der Stadt alle möglichen Plätze, wo etwas Aehnliches ausgeführt werden könnte, sorgfältig überwachen zu lassen. Dabei aber haben wir selber gar nichts weiter zu thun, oder wären in irgend einem Entschluß, den wir fassen wollen, behindert."

„Und was gedenken Sie zu thun? — purissima! wenn meine Frau eine Ahnung von dem Entsetzlichen bekommt, muß ich das Schlimmste fürchten, denn sie war in der letzten Zeit schon so außergewöhnlich aufgeregt."

„Ich weiß es in diesem Augenblicke noch nicht," sagte Arvila, indem er sich in tiefem Sinnen die Stirn rieb; „das Alles ist so rasch, so furchtbar rasch gekommen, und die Entscheidung drängt dabei so, und giebt uns kaum Raum zum Ueberlegen. Lassen Sie uns nur ein paar Stunden wenigstens die Sache überdenken — ich will Bastiani aufsuchen. Er ist von Allen die ich kenne, der Tüchtigste und am meisten Praktische und kennt auch so viele Menschen in der Stadt —"

„Und was soll das uns nützen?"

„Ich weiß es selber nicht, aber wenige Stunden können jetzt und dürfen keinen Einfluß haben, denn wir müssen uns vor allen Dingen vorsehen, um nicht unüberlegt zu handeln."

„Und wenn wir nun zum Präsidenten selber —"

„Nein," unterbrach ihn Arvila; „Juarez würde außer sich sein und alle Kräfte in Bewegung setzen, um die Räuber ausfindig zu machen, dadurch aber vielleicht gerade Juan's Leben gefährden, und was nützt es uns dann, wenn auch Jene hernach ihre Strafe erhalten?"

„Nein, Sie haben Recht!" rief auch Guitierrez jetzt rasch. „Der Präsident ist zu hitzig und starrköpfig — er könnte nur Alles verderben; — oh, mein Gott, mein halbes Vermögen wollte ich ja mit Freuden geben, wenn ich den Jungen wieder wohl und sicher in meiner Wohnung hätte — Mexiko! Mexiko!

das schönste Land der Erde, und nichts als eine Höhle für Mörder und Räuber — oh, daß ich fortgezogen wäre, schon lange, lange in ein anderes, friedlicheres Land."

"Verzweifeln Sie nicht, Guitierrez," sagte Arvila freundlich; "die Sache ist gewiß nicht so gefährlich und wird mit Geld abzumachen sein."

"Und sind wir nicht ganz in die Hände dieser Schurken gegeben, und dürfen wir glauben, daß sie ihr Wort halten?"

"Ich glaube, daß das gerade in ihrem eigenen Interesse liegt," sagte Arvila, "denn nur dadurch können sie hoffen, einer allgemeinen Verfolgung zu entgehen. Sie werden ihr Wort halten, aber — wenn Sie meinem Rath folgen wollen, so sprechen Sie mit Niemandem über die Sache, denn Sie können ihr nichts nützen und vielleicht nur schaden."

"Aber ich komme doch mit Keinem jenes Gesindels in Berührung," sagte Guitierrez, unwillig mit dem Kopf schüttelnd.

"Wir haben Gesindel in allen Schichten der mexikanischen Gesellschaft, amigo," sagte Arvila ruhig, "und was wir geheim halten wollen, dürfen wir deshalb Niemandem, oder doch nur unseren allerintimsten Freunden anvertrauen."

"Und haben Sie einen Verdacht?" rief Guitierrez, rasch und bestürzt zu ihm aufsehend.

"Nicht den geringsten," erwiderte der Freund, "oder ich hätte Sie schon selber darauf aufmerksam gemacht. Nein — es ist auch nicht denkbar, daß irgend Jemand mitten in der Stadt ein solches Wagniß unternommen hätte. Es muß so sein, daß er den Zug versäumte und dann, draußen an der Straße, von ein paar Strolchen aufgegriffen wurde — aber Vorsicht ist immer gut, und wir dürfen nichts versäumen, um ganz und vollständig sicher zu gehen. Kehren Sie jetzt nach Hause zurück?"

„Santissima," sagte Guitierrez mit einem tiefen Seufzer; — „ich weiß es nicht — ich weiß auch nicht wie ich meiner Frau entgegentreten soll, und bin auch nicht im Stande, es geheim vor ihr zu halten. Sie war ja schon beunruhigt, daß Juan nicht gestern zurückgekehrt, und wenn der heutige Abend wieder anbricht und er kommt noch immer nicht, so setzt sie sich noch viel schlimmere Dinge in den Kopf."

Arvila nickte leise vor sich hin mit dem Kopf. „Ich werde bei Dolores auch einen harten Stand bekommen," sagte er, „obgleich das Mädchen sonst charakterfest genug ist; aber den Frauen können wir es nicht verheimlichen. Wäre uns nicht der unselige Fall neulich vorgekommen, und der Plagiar*) ermordet worden, dann würden sie sich weit weniger über das Unglück ängstigen, und Vernunftgründe helfen da im Leben nichts — es muß eben austoben."

Guitierrez war wieder ein paar Mal rasch und angstvoll in dem Gemache auf- und abgegangen. „Und was sagte der Polizeidirektor?" frug er endlich, „hatte er Hoffnung?"

Arvila zuckte mit den Achseln. — „Sie wissen, Guitierrez, wie vorsichtig unsere Polizei stets zu Werke geht. Er wird „unter der Hand" allerdings sein Möglichstes versuchen, und ich bin überzeugt, daß er seine ganze Mannschaft in Bewegung

---

*) Plagiat nannten und nennen die Mexikaner das, eigentlich italienische Raubsystem, Gefangene erst gegen Lösegeld wieder auszuliefern, was noch vor dem Jahre 1865 und 1866 vollkommen unbekannt in Mexiko war. Seit der Zeit erst ist es dort eingerissen und hat schon viele Opfer gefordert. -- Woher der eigentliche, gar nicht spanische Name Plagiar stammt, konnte mir Niemand sagen. Einige meinten, vielleicht habe der erste also geraubte Mensch Plagio oder ähnlich geheißen; Andere meinten, daß es von dem Wort plaga (Plage) abgeleitet werden müsse, was aber zu gesucht wäre. Das Opfer wurde Plagiar genannt.

jetzt, aber daß er etwas ausrichtet, bezweifle ich, denn wir haben schon zu viele Beispiele gehabt, wie völlig resultatlos alle diese polizeilichen Versuche bleiben."

„Oh, hätten Sie ihm nur nichts gemeldet!" klagte Guitierrez, „hätten Sie ihm nur nichts gemeldet. — Er wird Alles verberben und mein Sohn ist verloren."

„Wir mußten der Polizei die Anzeige machen," sagte Arvila ruhig, „denn hundert Augen sehen mehr als zwei, und manche herumlungernden Strolche sind den Beamten auch bekannt. Sodann, indem sie ein wachsames Auge auf solche halten, kommen sie ihnen vielleicht auf die Spur."

„Und wenn sie nichts finden?" frug Guitierrez angstvoll.

„Muth, compannero, Muth!" erwiderte Arvila freundlich; „dann haben wir immer noch das Geld, um Juan aus seiner gefährlichen Lage zu befreien. In drei Tagen geht ein Courier bequem nach Veracruz hinab, ein Tag dort und drei wieder zurück, das sind erst sieben. Die Herren haben uns acht Tage Frist gegeben und nicht einmal einen Ort genannt, wohin wir ihnen vorher Antwort zukommen lassen könnten — also Vertrauen gegen Vertrauen. Den heutigen Tag aber haben wir noch zum Ueberlegen, und wir wollen ihn benutzen."

„Und wenn wir dann die Frist versäumen? wenn der Bote zu spät käme und mein armer Sohn —"

„Wir brauchen den heutigen Tag, um alle Vorbereitungen zu treffen," erwiderte ruhig Arvila. „Morgen mit dem Frühzuge geht der Bote nach Apizaco, und von da direkt über Tlascala nach Veracruz, wozu er nicht einmal drei Tage gebraucht, sondern mit guten Thieren den Weg vielleicht in zwei Tagen zurücklegt. Aengstigen Sie sich nicht; es soll nichts versäumt werden, um, im ungünstigsten Fall, die Wechsel bestimmt zur rechten Zeit in Händen zu haben. Jetzt aber steht uns das Schlimmste bevor — nämlich unsere Familien auf die böse Nachricht vorzubereiten. Ueberlassen Sie dabei das Geschäftliche mir und kehren Sie ohne Weiteres nach Tacubay zurück, denn je eher die Frauen dieser Ungewißheit entrissen werden, desto besser."

„Wenn das nur erst überstanden wäre!" stöhnte Guitierrez.

„Es wird überstanden werden," tröstete ihn Arvila, „haben Sie nur selber gute Hoffnung, dann sind Sie auch im Stande, die Ihrigen zu überzeugen; und nun adios, compannero. Ich werde indessen hier die Augen offen halten."

Sechstes Kapitel.

Gefangen.

Don Jose mochte sich davor gefürchtet haben, seiner Frau und besonders seiner Tochter die böse Kunde zu bringen, daß ihr Bräutigam dem Plagiar-System zum Opfer gefallen sei, denn schon der Name verbreitete Schrecken in der Stadt sowohl als im Land, aber er fand die Sache viel leichter, als er sie sich wohl vorher gedacht. So sehr auch seine Frau erschrak und einer Ohnmacht nahe kam, so ruhig blieb Dolores bei der doch immer bösen Kunde.

Im ersten Augenblick, ja, fuhr sie erschreckt empor, und faßte krampfhaft ihr Herz — der Schlag hatte sie zu plötzlich getroffen; aber rasch, viel rascher als die Mutter, richtete sie sich auch wieder empor, und sagte, des Vaters Arm ergreifend:

„Vater! lebt er noch?"

„Aber, Kind," rief Don Jose erschreckt, „was für ein Gedanke? Weshalb soll er nicht leben? Die Herren wollen Geld aus uns herauspressen und — werden das auch wahrscheinlich — aber sein Leben ist deshalb nicht gefährdet."

„Dann ist Alles gut," sagte Dolores leise, während ein schwerer Seufzer ihre Brust hob, als ob damit jede Sorge von ihr genommen wäre, und jetzt mußte ihr der Vater Alles, was er über die Sache wußte, mit einfachen klaren Worten erzählen. Er durfte Nichts auslassen oder bemänteln — sie wollte eben Alles und Alles genau wissen.

Sennor Arvila war das selber eine Beruhigung, denn er konnte sein Herz jetzt ganz den Seinen ausschütten und sich mit ihnen über das besprechen, was er selber für das Beste und Nothwendigste hielt. Sehr zu seinem Erstaunen billigte aber Dolores vollkommen, daß er die Polizei von dem Vorgefallenen in Kenntniß gesetzt, und theilte die von Guitierrez ausgesprochenen Besorgnisse gar nicht. Im äußersten Falle mußte allerdings das Lösegeld, wie sie ruhig äußerte, bezahlt werden, aber es war auch noch möglich, die eigentlichen Verbrecher in Haft zu bekommen und zur Rechenschaft zu ziehen, ohne daß dadurch Juan's Leben gefährdet würde.

Don Jose war eine Centnerlast vom Herzen, als er die Seinigen so gefaßt und auf das Schlimmste vorbereitet sich selber überließ, und er ging jetzt auch ohne Weiteres daran, die Wechsel auszustellen und Alles vorzubereiten, daß der Bote — und er hatte dafür einen zuverlässigen Diener — Mexiko in aller Frühe verlassen konnte. Es durfte wenigstens Nichts versäumt und Juan's Sicherheit in keiner Weise gefährdet werden.

Und wo war Don Juan?

„Ich führe Sie, ich kenne hier jeden Schritt," hatte das

Mädchen gestern Abend gesagt, als Juan mit ihr den dunklen Hausflur betrat, und dem jungen Mann kam von der helleren Straße aus die Finsterniß hier noch viel dichter vor, als sie in Wirklichkeit sein mochte.

„Caramba," rief er halb lachend aus, „ich sehe jetzt gar nichts mehr; hier sind doch nicht etwa Stufen, Sennorita, die hinabführen, nehmen Sie sich nur in Acht." —

„Sie sind so gut," flüsterte das junge Wesen halblaut vor sich hin.

„Ave Maria!" rief Juan, als die Thür hinter ihnen zugeschlagen wurde, und damit auch der letzte Lichtschimmer schwand „— was war das? ist die Thür von selber zugefallen — He! Hilfe! —" Er war nicht im Stande, einen weiteren Laut auszustoßen, denn von kräftigen Fäusten fühlte er sich in dem Augenblick gepackt, und ehe er einen weitern Schrei ausstoßen konnte, auch einen Knebel in seinem Mund, der ihm selber kaum zu athmen verstattete, und sicher jeden weiteren Hilferuf unmöglich machte. Er fühlte dabei einen dumpfen Schlag auf den Kopf, bei dem er zu Boden sank, und als er endlich wieder in einem vollkommen dunklen Raum zur Besinnung kam, konnte er sich nur überzeugen, daß er auf einer ziemlich harten Seegras-Matratze, aber an Händen und Füßen gebunden, jedoch nicht mehr geknebelt lag. Sein Mund war frei und er hätte ihn jetzt zu jedem Hilfeschrei benutzen können — aber half ihm das etwas? und rief er dadurch nicht am Ende gar die Buben, die ihn hier gefangen hielten, um so viel schneller wieder herbei? Doch hier und also gefesselt konnte er ja doch nicht bleiben; er versuchte erst schweigend, ob er vielleicht im Stande wäre, seine Banden abzustreifen, das aber, fand er bald, war unmöglich, und ebenso wenig gelang es ihm, sich empor zu richten, denn eine Schnur

4*

lag ihm quer über den Hals, und wenn sie ihn auch nicht weiter belästigte, verhinderte sie ihn doch vollständig daran, den Oberkörper in die Höhe zu heben.

„Caramba," brummte er endlich halblaut vor sich hin, „das ist eine schöne Geschichte! wenn ich nur erst wüßte, wo ich wäre und welcher verdammte Schuft —"

„Paciencia, amigo," sagte da eine tiefe Stimme, und so dicht neben ihm, daß er unwillkürlich zusammenschrak; „Du wirst Alles mit der Zeit erfahren, aber wenn Du den Rath eines Freundes annimmst, so verhältst Du Dich jetzt ganz ruhig, und stößest besonders keinen Schrei oder lauten Ruf aus! Ich würde mich sonst in die unangenehme und mir höchst fatale Nothwendigkeit versetzt sehen, Dir mit diesem Stück Holz eins über den Schädel zu geben."

„Und was wollt Ihr von mir?" sagte Juan, dem es aber trotzdem und wunderbarer Weise eine Art von Beruhigung war, ein menschliches Wesen um sich zu wissen, wenn er es auch nicht gerade zu seinen Freunden zählen durfte. „Weshalb habt Ihr mich überfallen? weshalb gebunden und in diesen öden Raum geworfen?"

„Das sind viele Fragen auf einmal, compannero," sagte der Unbekannte mit einem heiseren Lachen und Juan kam es fast so vor, als ob er die jedenfalls noch außerdem verstellte Stimme kennen müsse. „Vor allen Dingen halte Dich heute Abend ruhig, denn bei uns bleiben mußt Du, und ändern kannst Du an der Sache ebensowenig — keinenfalls etwas bessern und sie höchstens für Dich verschlimmern. Nimmst Du aber Vernunft an und beträgst Dich wie ein braves Kind, so ist es sogar möglich, daß ich Dir die Arme freigebe, damit Du etwas essen und trinken kannst und uns nicht etwa verhungerst, denn an Deinem Tode ist uns, wie ich Dir zu Deiner Beruhigung sagen kann, gar nichts gelegen."

„Aber weshalb haltet Ihr mich fest?" frug Juan erstaunt; „was ich bei mir hatte, werdet Ihr wohl schon —"

„Beruhige Dich darüber, amigo," lachte der Unbekannte; „das ist Alles in Sicherheit, aber hast Du nie von der neuen Erfindung gehört, die wir Mexikaner Plagiar nennen?"

„Teufel!" rief Juan, und wollte sich von seinem Lager emporschnellen, aber die Bande hielten ihn nur zu sicher und sein Wärter sagte lachend:

„Pst, Kamerad, gieb Dir keine Mühe und halte Dich ruhig, oder ich bin sonst wirklich genöthigt, Dir auf den Kopf zu klopfen. So," sagte er dann, als ein kleiner heller Blitz den Raum plötzlich durchzuckte und gleich darauf, ehe der Schwefel des Streichhölzchens verbrannt war, eine kurze, in einer Blend= laterne stehende Wachskerze entzündet wurde, — „so," wiederholte er, indem er das Licht der Laterne auf den Gefangenen fallen ließ, während er selber vollkommen im Schatten blieb; „jetzt kann ich Dich besser im Auge behalten, und warne Dich auch nochmals, keinen lauten Ruf auszustoßen. Wenn auch hier keine Gefahr ist, daß Dich Jemand hört, oder wir hätten Dir den Knebel nicht abgenommen — so mögen wir es doch auch nicht leiden, und da Du Dich jetzt vollständig in unserer Gewalt be= findest, so mußt Du Dich schon eben unseren Wünschen fügen."

„Und was verlangt Ihr, daß ich Euch zahle?" frug Juan nach einer kurzen Pause; — „viel hab' ich nicht, aber was in meinen Kräften steht —"

Der Fremde lachte gerade hinaus. „Sorgen Sie sich des= halb nicht, Sennor Guitierrez," sagte er mit spöttischer Höflichkeit; „die Sache wird schon mit Ihrem Schwiegervater arrangirt, und

Sie haben weiter gar nichts dabei zu thun, als sich vollständig ruhig zu verhalten; man kann wirklich nicht weniger von einem Menschen fordern."

Juan sank bleich und erschreckt auf sein Lager zurück; jetzt wußte er, daß er, als der Schwiegersohn Arvila's, einem vorbereiteten Plane zum Opfer gefallen war, und wilde Gedanken zuckten ihm durch das Hirn — und das Mädchen, das ihn hier in das Haus gelockt —

„Was ist aus der Sennorita geworden, die mich in dieses Haus führte?" frug er plötzlich und drehte sich nach seinem Wärter um.

„In dieses Haus?" frug dieser zurück, „es möchte irgend einer Sennorita Mexiko's schwer geworden sein, dieses Haus zu erreichen. Wo glaubst Du, compannero, wo Du Dich befindest?"

„Nun, doch in Mexiko," fragte Juan verwirrt.

„In Mexiko allerdings," lachte der Bursche, „denn um Dich über die Grenze zu schaffen, dafür war die Zeit zu kurz, aber wenn Du die Hauptstadt selber meinst, so bist Du im Irrthum."

„Und wo sonst?"

„Quien sabe?" lautete die trockene Antwort; „nur so viel kann ich Dir sagen, amigo, Du hast Dich noch nie in sichereren Händen befunden."

„Und wer war das junge Mädchen," frug Juan noch einmal, seinen früheren Gedanken folgend, „das ich in das Haus in Mexiko geleitete? Sie hatte sich den Fuß vertreten und konnte nicht gehen."

„Konnte sie wirklich nicht?" lachte sein Wärter, von dem er aber nur die dunklen Umrisse der Gestalt, doch keinen seiner Züge zu erkennen vermochte. „Das arme Mädchen — und Ihr nahmt Euch ihrer so freundlich an, obgleich Ihr eine Braut zu Hause hattet, ja Menschennatur —"

Juan biß sich auf die Lippen; er fühlte, daß er einfach in eine und dazu plump genug gelegte Schlinge gegangen sei, und nur seine Gutmüthigkeit hatte man benutzt, um ihn in eine Seitenstraße zu locken und so fest zu halten. Aber seine Gedanken flogen wieder weit ab. Hatte man ihn wirklich, während er bewußtlos lag, aus der Stadt geschafft? Aber wie wäre das möglich gewesen — in einem Wagen vielleicht? Doch wie lange mußte er denn besinnungslos gelegen haben? —

„Wie viel Uhr haben wir jetzt?" fragte er nach einer längeren Pause.

„Hast Du Hunger, Kamerad?" frug sein Wärter zurück, ohne ihm zu antworten.

„Nein, aber es kann noch nicht so spät sein."

„Du hast ziemlich lange geschlafen."

„Und weiß mein Vater, wo ich mich befinde?"

„Er gäbe viel Geld darum, wenn er es wüßte," lachte der Andere; „aber er wird morgen früh, oder vielmehr heute früh wenigstens so viel erfahren, als er zu wissen braucht."

Juan wußte jetzt, daß er mit Fragen nichts aus seinem schurkischen Gefährten herausbrachte, der war dafür zu schlau, und wieder zurücksinkend grübelte er finster über seine verzweifelte Lage nach, aber seine Banden drückten ihn.

„Und wollt Ihr mir die Banden etwas lösen, daß ich wenigstens schlafen kann?" frug er endlich. Der Bursche schwieg eine ganze Weile, — es war, als ob er sich den Fall erst überlegen müsse; endlich sagte er:

„Gefahr ist nicht dabei, denn fort kannst Du nicht, amigo, und wenn ich Dich auch ganz frei ließe. Draußen die Hunde zerreißen Dich, sowie Du nur den Fuß vor die Thür setzest. Wenn Du mir versprichst, Dich ganz und vollkommen ruhig zu verhalten —"

„Und was kann ich thun?" sagte Juan; „ich verlange nur zu schlafen, weiter nichts, denn ich bin zum Tod erschöpft."

„Bei dem geringsten Lärm wirst Du zusammengeschnürt, daß Du kein Glied mehr bewegen kannst. Wir sind sechs Mann hier zu Deiner Wache."

„Ihr brauchtet heute Nacht keinen Einzigen, ich sehne mich selber nach Ruhe."

„Gut, ich will Dir glauben." sagte sein Wärter wieder nach kurzem Ueberlegen. „Die eisernen Gitter halten Dich außerdem und die Thür werde ich selber verwahren. Also Du verlangst nicht zu essen?"

„Nein, nur einen Schluck Wasser."

„Der Krug steht hier neben Deinem Bett, und außerdem auch noch eine Flasche Wein; Du sollst keine Noth bei uns leiden, amigo, denn ich hoffe, Dein Vater wird uns wohl Dein Kostgeld ersetzen."

Damit bückte er sich, um ihm die Bande von den Händen zu lösen. Juan sah allerdings, als er sich zu ihm überbog, daß er vor dem Gesicht eine schwarze Halbmaske trug, weiter war aber nichts zu erkennen. Sogar das Licht der Blendlaterne hatte der Fremde indessen von sich gedreht, so daß er fortwährend beschattet blieb und nie die klaren Umrisse seiner Gestalt selbst zeigte.

„So, compannero!" sagte die Stimme jetzt wieder, und Juan fühlte, wie er seine Arme wenigstens bewegen konnte; „es ist Dir nun jede Erleichterung geworden, die sich mit unserer eigenen Sicherheit verträgt. Du wirst vernünftig genug sein, um das einzusehen; ich lasse Dich auch jetzt allein, sei aber gescheidt und mache keinen, außerdem vollkommen nutzlosen Versuch zur Flucht, denn Du kannst Dir denken, daß wir ein so kostbares Unterpfand auch gut verwahrt und uns nicht der Gefahr ausgesetzt haben, es wieder zu verlieren. Betrachte Dich deshalb vollkommen machtlos! es ist das Gescheidteste, was Du thun kannst, denn Du hast Dir sonst Alles, was Dich betreffen könnte, selber zuzuschreiben. Glaube mir, es ist eine verwünschte Geschichte, eine ganze Woche lang mit zusammengeschnürten Händen und Füßen und einem Knebel im Mund zu liegen, und ich möchte es Dir gern ersparen; also zwing' uns nicht selber dazu. Und nun schlaf' noch ein paar Stunden, denn Du hast übrige Zeit und gar nichts zu versäumen."

Damit nahm der Fremde die kleine Laterne wieder vom Boden auf, ließ den Strahl derselben noch einmal sorgsam über die ausgestreckte Gestalt des Gefangenen gleiten und verließ dann das Gemach. Juan aber, der ihm mit den Augen folgte, konnte wenigstens erkennen, daß er in' der Nebenstube blieb, deren Thür er noch angelehnt ließ, um jedes Geräusch zu hören und rasch wieder bei der Hand zu sein.

Jetzt war er allein und tausend wirre Gedanken stürmten auf ihn ein: seine Eltern — Dolores — wie würden sie sich seinetwegen ängstigen, und er selber? Plagiar in den Händen gewissenloser Schurken, die, wenn sie sich der Gefahr ausgesetzt sahen, verrathen zu werden, auch nicht einen Moment zögern würden, sein Leben zu nehmen, um das ihrige zu retten. Was lag einem Mexikaner überhaupt an einem Menschenleben, wo er das seinige selbst durch Jahrzehnte in die Schanze geschlagen hatte?

Und wer war der Bursche, der ihn hier bewachte? mit wem

stand er in Verbindung, und wie schlau hatte man ihn selber in die Falle gelockt? Und ließ es sich denken, daß jenes blutjunge hübsche Mädchen wirklich absichtlich die Hand zu einem solchen Verbrechen geboten hätte? War es nicht doch vielleicht ein zufälliges Zusammentreffen gewesen, daß er mit ihr gerade jenes Haus betrat? jenes Haus? Wo befand er sich jetzt? Hatte man ihn wirklich aus der Stadt geschafft? Er blieb lauschend still und horchte, aber lautlos lag die Welt um ihn her, als ob er sich wirklich in einer Wildniß befände; wie lange mußte er aber dann bewußtlos gewesen sein? — Und jenes Mädchen? Er konnte sich nicht denken, daß sie ihn absichtlich in so durchdacht nichtswürdiger Weise getäuscht und sein Mitleid in Anspruch genommen habe, nur um ihn zu verrathen; und was war aus ihr geworden? Und wieder trat ihm die Gestalt seines Hüters vor die Seele, die er allerdings im Dunkel bis jetzt nur undeutlich gesehen, dessen Stimme ihm aber doch bekannt vorkam. War es am Ende Einer der Dienerschaft ihres Hauses? Der allerdings konnte die Verhältnisse genau kennen, aber er sprach doch auch dafür wieder zu gewählt, mußte also wenigstens der gebildeten Klasse Mexiko's angehören, und wo sollte er ihn da suchen? Unter seinen eigenen Bekannten oder gar Freunden? Unmöglich wäre das nicht gewesen und schlimmere Dinge kamen vor, aber vergebens rieth er herüber und hinüber, bis ihn zuletzt, in körperlicher wie geistiger Erschöpfung, der Schlaf in die Arme nahm und aller Sorge, aller Angst entführte.

Wie lange er so lag, wußte er freilich nicht, denn als er endlich durch eine Stimme an seiner Seite geweckt wurde, war es noch eben so finster in dem dumpfen Raum als gestern Nacht oder heute Morgen; er war vollständig irre geworden und hatte seine ganze Zeitrechnung verloren. Erschreckt fuhr er aber von seinem harten Lager empor, als er soweit zur Besinnung gelangte, um sich der Vorgänge des gestrigen Abends zu erinnern; er wußte jetzt, was mit ihm geschehen war, und starrte verstört umher, denn selbst den Mann, der in diesem Augenblick zu ihm sprach und dessen Stimme anders klang als gestern Abend, konnte er nicht sehen.

„Carajo, compannero," sagte indessen die Stimme, „Ihr habt aber einen vortrefflichen Schlaf. Wie viel Uhr glaubt Ihr, daß es ist? Gleich Mittag und Ihr liegt da, wie ein Todter und regt kein Glied. Ich bekam schon Angst und glaubte, der Teufel hätte Euch indeß geholt."

„Und wer seid Ihr?" sagte Juan, der indessen völlig munter geworden und, wenn auch vergebens, mit dem Blick im Zimmer umhergeschweift war, um wenigstens zu sehen, wo er sich befand. Das Gemach war, wie er jetzt recht gut bemerken konnte, absichtlich durch die geschlossenen Läden dunkel gehalten worden, und nur durch ein paar vereinzelte, aber nicht genügende Ritzen derselben konnte er das durchschimmernde Tageslicht erkennen.

„Nun, gerade nicht der Teufel," lachte der Mann, „aber doch ein guter Freund von Euch, der einmal zusehen wollte, ob Ihr Euer Frühstück schon bekommen hättet. Wie geht's, amigo?"

„Eine wunderliche Frage an Einen," brummte Juan, „den man mit den Beinen an die Bettpfosten gebunden hat, daß er sich nicht rühren kann! Ihr wißt, daß mir's schlecht geht, was fragt Ihr?"

„Hahaha!" lachte der Gesell, „nehmt Euch die Sache nicht zu Herzen, denn das ist Alles nur ein Uebergang. Seid Ihr doch immer noch besser daran wie tausend Andere und schwimmt im Glück. Die paar Tage hier lassen Euch später nur um so mehr erkennen, wie bevorzugt Ihr vor Anderen seid."

„Und wie lange gedenkt Ihr mich hier zu halten?"

„Werden immer acht Tage darüber vergehen," meinte der Bursche, „denn die Wechsel können nicht gut früher eintreffen."

„Acht Tage?" rief Juan erschreckt.

„Bah, was ist eine Woche?" sagte aber der Mann leichthin; „sie verfliegt, wenn man älter wird, wie ein Tag. Doch jetzt will ich Euch erst eine Stärkung holen, denn Ihr sollt hier bei uns nicht Noth leiden."

Juan hörte eine Thür gehen, aber er sah keinen Lichtstrahl. Die Thür mußte also ebenfalls wieder in ein vollkommen dunkles Zimmer führen — wo, um Gottes willen hatte man ihn hingeschafft? Er horchte, ein dumpfes Geräusch drang in sein Ohr, aber wie aus weiter Ferne. War das ein Wagen auf dem Pflaster? Aber er konnte es nicht deutlich unterscheiden, es verhallte auch bald wieder und tiefes Schweigen umgab ihn auf's Neue, bis endlich einer seiner Wärter zurückkam und ihm auf einen Stuhl vor sein Bett das Frühstück stellte. Und jetzt überwog der in ihm erwachende Hunger jeden anderen Gedanken. Er mußte essen, um Kräfte zu behalten; wußte er doch nicht, wie er sie vielleicht gebrauchen würde!

Siebentes Kapitel.
Berathungen.

Sennor Arvila hatte den Tag außer dem Hause verbracht, um alle nöthigen Vorbereitungen zu treffen und sich später selber keine Vorwürfe machen zu müssen; als er aber um vier Uhr zum Diner zurückkehrte, fand er Dolores nicht, und die Mutter ängstigte sich schon ihrethalben.

"Ist sie allein ausgegangen, Herz?" frug der Vater; "das solltest Du in jetziger Zeit nicht leiden."

"Ich wollte, daß Mercedes mit ihr ginge," klagte die Mutter, "denn das ist ein tüchtiges und resolutes Mädchen, aber die war schon ausgegangen."

"Ja," nickte der Vater, "fast ein wenig zu resolut, wie mir scheint, und wir kennen sie noch zu wenig."

"Sie ist brav und treu, aber das Kind hätte nicht sollen bis zur Dämmerung ausbleiben; sie weiß, daß wir schon außerdem in Sorgen sind."

Ein leichter Schritt und ein rauschendes Gewand, und Dolores stand auf der Schwelle, den feingestickten Rebozo noch umgeschlagen, wie sie eben von der Straße kam.

"Bist Du meinethalben in Sorge gewesen, Mama?" frug sie, denn sie hatte die letzten Worte gehört, zärtlich die Mutter; "ich habe nur einen Spaziergang mit Mercedes gemacht, der Kopf war mir so schwül und dumpf, die frische Luft hat mir gut gethan."

"Nur daß Du so lange bliebst, ängstigte uns," sagte die Mutter, das junge Mädchen in die Arme schließend.

"Ich glaube, wir bekommen Besuch, Mama," erwiderte

Dolores, indem sie sich der Mutter entwand und ihren Rebozo abnahm; „es kam ein Herr hinter mir die Treppe herauf und ich höre jetzt draußen Schritte."

Sie hatte sich nicht getäuscht. Der Diener meldete in diesem Augenblick Don Guzman, und wenn sich auch Sennor Arvila gar nicht in der Stimmung fühlte, jetzt mit irgend einem ihm sonst gleichgiltigen Menschen zu verkehren — er sah wenigstens nicht besonders erfreut bei der Meldung aus — so mochte er ihn doch auch nicht zurückweisen, und gleich darauf betrat der junge Mann den Saal.

„Sennoritas, Sennor! Sie entschuldigen, wenn ich Sie einen Moment störe, aber," setzte er hinzu und sah sich überall in dem Raum um, „ich sehe Don Juan nicht und hoffte gerade ihn hier zu finden."

„Don Juan ist heute nicht in die Stadt gekommen," sagte Arvila ruhig; „er hatte draußen zu thun. Sie wünschen ihn selber zu sprechen?"

„Oh, es war nur einer Anfrage wegen, Sennor — wir haben morgen ein kleines Souper zusammen, lauter Junggesellen, versteht sich," setzte er mit einem lächelnden Blick auf Dolores hinzu, „und da Juan nur noch wenige Tage dieser unglücklichen Menschenklasse angehören wird, wollten wir ihn auffordern, diese letzte Gelegenheit zu benützen und Theil daran zu nehmen."

„Ich bedaure sehr," sagte Sennor Arvila in einiger Verlegenheit.

„Oh, es hat nichts zu sagen," unterbrach ihn rasch und freundlich Don Guzman; „ich fahre morgen mit dem ersten Zug hinaus, heute ist es mir doch ein wenig zu spät geworden, und komme dann gleich mit ihm wieder zur Stadt zurück. Sie, Sennorita, werden ihm uns zu Liebe wohl einmal ein paar

Stunden Urlaub geben, wir entsagen auch dafür nach der Trauung jedem weiteren Anrecht an ihn und werden ihn nie wieder Ihnen untreu machen. Sie dürfen sich fest darauf verlassen."

„Ich werde Ihnen gewiß nichts in den Weg legen, Sennor," sagte Dolores, während ihr Blick fest auf dem jungen Mann haftete; „und an meiner Einsprache soll Ihre freundliche Einladung nicht scheitern. Ob Don Juan selber Freude daran finden wird, ist dann seine Sache."

„Es wird, wie gesagt, das letzte Mal sein, Sennorita," sagte Don Guzman, der sich nicht ganz behaglich unter dem Blick zu fühlen schien, „Ihnen aber bin ich im Voraus für den guten Willen dankbar."

Er mußte bemerken, daß er hier nicht gelegen kam; der alte Herr war zerstreut, die Mutter hatte Thränen in den Augen; er verbeugte sich einfach und verließ gerade das Zimmer, als Bastiani, der Freund des Hauses, in die Thür trat und beinahe mit ihm zusammengestoßen wäre. Don Guzman entschuldigte sich, wobei Bastiani nur eine abwehrende Bewegung machte, und verließ dann das Haus. Bastiani aber sah ihm nach und sagte dann, selbst einen Gruß vergessend, indem er in das Zimmer trat:

„Das ist auch einer von den Menschen, die mir stets in den Weg laufen und die ich doch viel lieber gehen als kommen sehe; aber — Santissima! Sennora, Sennorita, entschuldigen Sie mein grobes Eintreten, wie geht es Ihnen? Don Jose, alter Freund, ich habe Ihre Zeilen zu Haus gefunden und bin gleich hierher geeilt."

„Sie wissen, welches Unglück uns betroffen hat?" rief die Sennora mit thränenden Augen.

„Nur was mir die wenigen Zeilen Ihres Gatten sagten," erwiderte Bastiani; „aber es ist das auch wohl Alles, was er selber weiß. Das eine Wort Plagiat bezeichnet es vollständig. Nur um die Einzelheiten möchte ich Sie noch bitten, Don Jose. Wann ist es geschehen?"

Arvila theilte ihm jetzt in kurzen Worten Alles, was er selber wußte, mit und zeigte ihm die beiden Briefe, denn Guitierrez hatte ihm den seinen ebenfalls überlassen, die Bastiani sorgsam mit einander verglich.

„Das ist jedenfalls eine Handschrift," sagte Bastiani endlich, „und noch dazu nicht schlecht geschrieben; wenn sie einen anderen Inhalt trüge, würde ich fast glauben, ein Pfaffe hätte das Schriftstück verfaßt."

„Ave Maria!" rief die Sennora entsetzt aus, „Sie hielten es doch nicht für möglich, daß —"

„Ein Pfaffe etwas Derartiges unternehmen könnte?" unterbrach sie Bastiani, und warum nicht? Aber er würde nicht gewagt haben, mit seiner Handschrift so keck herauszugehen. Apropos, was wollte vorhin dieser Don Guzman bei Ihnen?"

„Don Juan zu einem Abendessen auf morgen einladen," sagte die Sennora.

„Don Juan? so? Er weiß also von der Sache nichts?"

„Wir haben beschlossen, sie vorläufig vollkommen geheim zu halten, Sie und der Polizeidirector sind die einzigen Menschen, mit denen ich darüber gesprochen, die Familie natürlich ausgenommen."

„Hm — und was gedachten Sie zu thun?"

„Im schlimmsten Falle die Forderung zu erfüllen. Es ist viel Geld, aber die Herren hätten noch unverschämter sein können. Wir sind in ihren Händen."

„Sie glauben nicht, daß Juan hier in der Stadt versteckt gehalten wird?"

„Ich kann es mir nicht denken. Er muß draußen auf dem Wege nach Tacubaya angefallen worden sein, und in die Stadt hätten sie ihn dann gewiß nicht wieder hineingeschafft."

„Nein, in dem Fall nicht; aber haben Sie gar keinen Verdacht?"

„Wie wäre das möglich? auf wen sollte ich Verdacht haben, da doch wahrscheinlich mir ganz fremde Menschen dabei betheiligt sind."

„Quien sabe?" sagte Bastiani nachdenkend. „Ist Niemand, an den Sie, wenn auch nur unwillkürlich und ohne die geringste Veranlassung gedacht hätten?"

„Du lieber Gott," sagte der alte Herr, „an wen denkt man bei einer solchen Gelegenheit nicht? An all' das junge leichtfertige Volk, von dem auch wohl Einzelne in meinem Hause aus- und eingegangen sind, aber ich möchte da nicht wagen, über irgend Jemand einen bestimmten Verdacht auszusprechen."

„Und Sie haben einen solchen nicht auf irgend Jemand besonders?"

„— — Nein," sagte Arvila nach einigem Zögern; „und was hülfe es auch?" setzte er dann hinzu, „denn wer immer den Schurkenstreich verübt, wird auch wohl seine Vorsichtsmaßregeln so getroffen haben, um ihn ungestraft und unentdeckt auszuführen."

„Welche von den jungen Leuten, die Juan hier im Hause traf, waren eigentlich am meisten mit ihm befreundet?" frug Bastiani endlich. „Dieser Don Guzman, den ich da eben traf, etwa?"

Arvila schüttelte mit dem Kopf. „Nein," sagte er, „der

am wenigsten; ich weiß eigentlich selber nicht, wie er in unser Haus gekommen; ich glaube, er wurde durch den jungen de Guerra bei uns eingeführt."

„De Guerra ist vollständig am Bankerott,". sagte Bastiani.

„Er thut mir leid," sagte Arvila, „wenn er auch ein wenig wild gewirthschaftet hat. Er zog dabei seinen ganzen Zufluß nur aus der einen Mine, und mußte wissen, wie unregelmäßig solche Einkommen sind. Sie mögen ungemessene Schätze bergen, aber auch im anderen Fall mitten in der Arbeit nichts mehr bieten als taubes, werthloses Gestein, und darauf hin hat er in den Tag hineingelebt."

„Er wird eine andere beginnen."

„Er hat alle seine Mittel erschöpft und findet schwerlich Jemanden, der ihm, auf ungewisse Aussichten hin, Geld borgt. Ich für meinen Theil glaube wenigstens nicht, daß er sich noch retten kann."

„Hm — so?" murmelte Bastiani leise und nachdenkend vor sich hin.

„Aber das hat ja doch nichts mit unserem Falle zu thun," fuhr Arvila fort; „und was ich Sie besonders fragen wollte, lieber Bastiani, ist das: ob Sie glauben, daß die Polizei wirklich etwas ausrichten kann, wenn wir ihr die ganze Sache über=geben?"

Bastiani zuckte mit den Achseln. „Daß sie es mit der Zeit herausbekommt," sagte er, „bezweifle ich gar nicht, aber Sie ge=fährden dann jedenfalls Juan's Leben; denn ehe sich die Schurken erwischen lassen, schaffen sie ihn doch sicher aus dem Wege."

„Das ist ja, was ich sage," klagte die Sennora. „O, selbst, daß Du nur auf die Polizei gegangen bist, bringt ihn in Ge=

fahr, denn daß ihre Spione jetzt dies Haus im Auge behalten, darauf kannst Du Dich fest verlassen."

„Das wäre nicht unmöglich," nickte Bastiani ihr zustimmend zu, „ich glaube selber, daß sie, wenn sie überhaupt in Mexiko sind, eine solche Vorsichtsmaßregel nicht außer Acht lassen werden, und es wäre deshalb am Ende gerathen, die Straße ein wenig im Auge zu behalten, wie auch, sich die sämmtlichen Herren zu notiren, die hier Besuche machen."

Zufällig wandte er jetzt gerade den Blick auf Dolores, und es konnte ihm nicht entgehen, daß die Augen des schönen Mädchens gespannt und mit der größten Aufmerksamkeit an seinen Lippen hingen; aber sie sagte kein Wort und schien nur mit voller Theilnahme auf das zu achten, was gesprochen wurde.

„Aber was haben die Besuche mit diesem entsetzlichen Fall zu thun?" warf die Sennora ein; „die Herren können ja nicht einmal ahnen, was hier vorgegangen ist."

„Quien sabe?" erwiderte der alte Bastiani; „wir leben in einer gar wunderlichen und ich kann wohl sagen traurigen Zeit, denn unser junges Volk ist vollständig demoralisirt und, wenn ihm die Noth an den Kragen geht, zu Allem fähig, noch dazu, da die Strafe der That nicht immer auf dem Fuße folgt. Ich erinnere Sie an den jungen Lucido, aus einer unserer ersten Familien, der gemeinen Straßenraub trieb und jetzt Präfekt in einer nicht unbedeutenden Stadt ist — also oberste Gerichtsbehörde. Es ist möglich, daß Leperos*) die eigentliche That begangen haben, aber ich müßte mich sehr irren, oder irgend ein oder der andere sehr „angesehene" Sennor, auf den natürlich nicht der geringste Verdacht fallen kann, steckt hinter der ganzen

---

*) Leperos, die untersten Schichten der Bevölkerung von Mexiko — eigentlich bedeutet das Wort Aussätzige.

Geschichte und zieht dann auch den alleinigen Nutzen. Haben Sie die Wechsel schon nach Veracruz geschickt?"

"Noch nicht, aber der Bote sollte morgen früh damit abgehen, um die Zeit nicht zu versäumen."

"Es wird Ihnen nichts Anderes übrig bleiben," sagte achselzuckend Bastiani. "Die Polizei hilft Ihnen keinenfalls etwas, denn gegen Alles, was diese versuchen könnte, haben sich die Strauchdiebe jedenfalls gesichert. Unsere Polizei ist auch in der That erbärmlich und jeder einzelne Polizeidiener um zehn Pesos zu kaufen; welches Resultat versprechen Sie sich also von der Gesellschaft?"

Arvila seufzte tief auf. "Und wenn ich nun Juarez davon benachrichtige?" sagte er endlich.

"Ob der nicht mehr Schaden als Nutzen brächte, ist die Frage," erwiderte Bastiani; "jedenfalls würde er das Leben des jungen Guitierrez nicht um eines Clacos Werth schonen, wenn er dadurch im Stande wäre, die Verbrecher selber abzufangen, und daß die dann keine Gnade zu erwarten hätten, ist allerdings sicher. Nein, wenn Sie meinem Rath folgen wollen, so beschaffen Sie vor allen Dingen und so rasch als möglich die Wechsel, damit Sie im Stande sind, die angegebene Zeit einzuhalten. Die Zwischenzeit können Sie dann immer benutzen, um unter der Hand nachzuforschen, obgleich Ihnen das wohl schwerlich etwas helfen wird, wenn es die Herren schlau genug angefangen haben. Es ist das immer das Sicherste, um den Gefangenen wieder unbeschädigt der Freiheit zurückzugeben, obgleich ich auch nicht leugnen will, daß es auf der anderen Seite die Canaillen nur noch mehr in diesem fluchwürdigem System bestärkt. Wenn sie drei= oder viermal hintereinander dabei ab=

gefaßt und gehangen würden, so sollten sich Andere wohl besinnen, ehe sie etwas Derartiges wieder unternähmen; bekommen sie aber das Geld richtig ausgezahlt und werden nicht entdeckt, so feuert das natürlich auch Andere an, es ebenfalls zu wagen und es ist kein Ende abzusehen. Aber was kann's helfen?" setzte er achselzuckend hinzu, „Jeder ist sich ja doch immer selber der Nächste und wird keinen der Seinigen, so lange er es hindern kann, nur des allgemeinen Besten wegen, in der Schlinge stecken lassen."

Dem alten Arvila war es recht schwer um's Herz, denn gerade auf Bastiani hatte er gehofft, daß dieser einen Ausweg finden solle, und bestätigte dieser nur das, was er sich selber schon wieder und wieder gesagt.

„Kommen Sie, Bastiani," sagte er nach einer kleinen Weile, „essen Sie einen Bissen mit uns und lassen Sie uns ein Glas Wein trinken, daß wir auf andere Gedanken kommen. Ich sage Ihnen, mir ist der ganze Körper wie zerschlagen und im Hirn arbeitet's, als ob Jemand eine Schmiede darin aufgeschlagen hätte. Sie haben Recht, ich sehe es jetzt selber ein, es ist eben nichts in der Sache zu thun, als die verlangten Wechsel herbeizuschaffen, wenn wir nicht das Leben des armen Jungen auf das Ernstlichste gefährden wollen. Vamonos, compannero, die Summe macht uns auch noch nicht arm, und wer weiß, was Juan in der Zeit auszustehen hat, wenn sie ihn da draußen in den nassen Bergen herumschleppen!"

„Und wann soll der Bote fort?" frug die Sennora.

„Ich werde ihn gleich nach Tisch rufen lassen und ihm die Papiere übergeben, damit er nicht mehr aufgehalten ist und gleich mit dem ersten Zug morgen früh nach Apizaco kann. Die

Direktion der Eisenbahn dort stellt ihm dann ein gutes Pferd, ich habe schon hinüber telegraphirt, und von da an muß er sehen, wie rasch er Veracruz erreichen kann. Zeit haben wir zur Genüge.

Achtes Kapitel.
Mercedes.

Dolores hatte in die ganze Verhandlung nicht ein Wort hineingesprochen, aber keine Silbe war ihr auch entgangen, und ihre Gedanken arbeiteten dabei unverdrossen mit. Kaum war aber das Diner beendet — und Keiner hatte eigentlich heute Appetit zum Essen — als sie sich auf ihr Zimmer zurückzog und dorthin das junge Mädchen beschied, die sie erst vor kurzer Zeit als Kammerjungfer angenommen und zu der sie eine merkwürdige Zuneigung gefaßt hatte.

Mercedes war in der That ein eigenthümlicher Charakter und dabei der volle Typus einer Mexikanerin gemischter Race, wie sie ja doch auch die große Mehrzahl des ganzen mexikanischen Volkes bildet. Der eigentlich weißen und echten Kreolen gab es, wenigstens im Vergleich zu den Mestizen, nur eine sehr geringe Zahl.

Mercedes mußte noch jung sein, aber des Schicksals Schläge schienen sie schon schwer getroffen zu haben, denn ihre Züge zeigten sich viel mehr markirt und ausgeprägt, als das sonst bei so jungen Wesen der Fall zu sein pflegt. Sie trug die echt mexikanische Tracht, ein schneeweißes Hemd, einen bunten leichten Unterrock, an den bloßen Füßen kleine zierliche Schuhe, das volle schwarze lockige Haar mit einem Schildpattkamm aufgesteckt und den blaugrauen, aus feinem Baumwollenzeug gewebten Rebozo jetzt locker um die Schultern geschlagen, daß ihr der eine lange Zipfel bis tief über die Hüfte hinunter fiel und das intelligente bronzefarbene Gesicht, wie den oberen Theil des Nackens bloß ließ. Und was für große kluge Augen das Mädchen hatte, und wie dunkel sie dem, mit dem sie sprach, entgegenblitzten! Ihr Charakter war aber viel mehr ernster als heiterer Art, sie lachte selten, wenn aber, zog es wie lichter Sonnenschein über die schönen Züge und drückte ein paar tiefe Grübchen in die Wangen ein.

Dolores glich eher einer der schönen Frauengestalten Spaniens, mit ihrem blüthenweißen Teint, ihren schwarzen Haaren und Augen und ihrer schlanken, edlen Gestalt, wie denn auch ihre Großeltern aus dem alten Lande stammten. Mercedes stand vor ihr, eine echte Tochter Mexiko's, ebenfalls schlank, aber üppiger gebaut, der Körper weich und elastisch, das licht bronzefarbene Gesicht doch von leichter Röthe gefärbt und Hand wie Fuß dabei mit der ersten Schönheit Spaniens an Zierlichkeit wetteifernd.

Ihr Benehmen, auch gegen die Herrin, war achtungsvoll, aber nicht bemüthig. Sie kam in das Haus Arvila's, die ihr aufgetragene Arbeit zu verrichten, aber nicht um zu dienen, hatte sie doch weißes Blut in den Adern, und daß es mit rothem ge= mischt worden? — ei, sie setzte eher einen Stolz darein — ge= hörte doch selber der Präsident vollkommen der indianischen Race an. Dolores selber aber, lieb und gut in ihrem ganzen Wesen, fühlte bald, daß in dem Mädchen ein guter und treuer Kern stak; die Antworten, die sie gab, verriethen einen klaren, aufge= weckten Geist, und die sinnende Schwermuth, die dabei auf ihrem ganzen Wesen lag, und dann wieder, wenn sie derselben Herr

wurde, das blitzende trotzige Auge, machte sie nur noch mehr
Interesse an ihr nehmen.

Mercedes war dabei in der Stadt genau bekannt und
kannte eine Menge von Menschen, und Dolores, die nicht wagte,
mit Mutter oder Vater über den Unglücksfall, der sie betroffen,
zu sprechen, aber wußte, daß Mercedes einen starken Geist
besaß machte sie zur Vertrauten. Das junge Mädchen ver=
rieth auch bei der Enthüllung des Verbrechens, das man an
dem jungen Guitierrez verübt, kaum das geringste Erstaunen;
solche Dinge kamen zu häufig vor. Nur ein schwerer Seufzer
hob ihre Brust und sie sagte leise:

„Ich weiß es — ich kenne das — das Laster hat sich in
unserem unglücklichen Vaterland bei Hoch und Niedrig einge=
nistet, die Armen rauben, um zu leben, die Reichen, um zu
spielen, und mit Blut gedüngt ist dabei der Boden und fast jeder
Baum im Wald wirft seinen Schatten über das Grab eines
Erschlagenen." — Dann war sie still geworden, und ein paar
große helle Thränen perlten an ihren Wangen nieder, aber das
dauerte nicht lange und ihre Augen blitzten wieder in einem
unheimlichen Feuer. „Ich kenne die Brut, die ihre Netze aus=
wirft und erbarmungslos über Alles hinwegschreitet, was
ihr im Wege liegt," sagte sie dann leise; „laßt mich machen?
Haben sie den Gefangenen in der Stadt versteckt, so finde ich
ihn vielleicht, ehe die Frist abgelaufen ist; wo nicht, muß Euer
Vater das Geld bezahlen und Ihr," setzte sie düster hinzu,
„werdet trotzdem glücklich; doch lasset mich gehen. Ich habe
gestern zufällig wieder einen Menschen in der Stadt getroffen,
den ich weit von hier entfernt glaubte, und wo je ein Unheil
gebrütet wurde, da hatte er die Hand dabei im Spiele."

„Wer ist es?" rief Dolores rasch; „kenne ich ihn?"

Mercedes schüttelte den Kopf. „Nein," sagte sie dann, „es ist ein Zambo*) mit schwarzem Blut in den Adern, aber ein böser, böser Mann."

„Und glaubst Du, daß er in dieser Sache die Hand —"

„Ich weiß es nicht," sagte Mercedes; „aber ich weiß, daß er nicht allein zu Allem fähig, sondern auch von den jungen Sennores gekannt ist."

„Und was willst Du thun?"

„Die heilige Jungfrau weiß es," sagte achselzuckend das junge Mädchen. „Laßt mich nur gehen und seid versichert, daß ich, wenn ich eine Spur finde, ihr auch nachzugehen weiß."

Damit hatte sie heute Morgen das Haus verlassen und war erst kurz vorher zurückgekehrt, ohne jedoch etwas Bestimmtes erfahren zu haben.

„Ich weiß, wo jener Zambo wohnt," sagte sie; „so gebt mir jetzt für die nächsten Tage Urlaub, daß ich frei thun und lassen kann, was ich will."

„Sie sprachen heute bei Tafel davon," erzählte Dolores in fliegender Hast, „ein alter Sennor that es wenigstens, ein braver und tüchtiger Mann —"

„Wie heißt er?"

„Bastiani."

„Ich kenne ihn, der ist ehrlich; und was sagte der?"

„Daß wahrscheinlich junge Leute aus der höheren Gesellschaft die Hand dabei im Spiele hätten, oder gar das Ganze leiteten."

„Das ist auch meine Meinung," erwiderte Mercedes, rasch mit dem Kopfe nickend, „und leichtsinnige Menschen bereden sie dann, ihnen zu helfen."

---

*) Zambo, Abkömmling von Indianer und Neger.

„Und daß ihre Spione," fuhr Dolores fort, „wahrscheinlich jetzt unser Haus umschleichen, um zu beobachten, was hier geschähe."

„Gewiß thun sie das," flüsterte Mercedes leise; „einen Sennor habe ich hier heute dreimal am Haus gesehen."

„Und wer war das?"

„Ich kenne seinen Namen nicht, aber ich weiß, daß er hier im Haus bekannt ist."

„Und wie sah er aus?"

„Laßt das jetzt, Sennorita, noch hilft es uns nichts, aber mit ganzer Seele will ich Euch dienen, und" — setzte sie bitter hinzu — „wenn es nur deshalb wäre, an diesem Robolfo Rache zu üben."

„Robolfo? wer ist das?"

„Der Zambo —"

„Und hat er Dich gekränkt?"

Die Augen des jungen Mädchens blitzten in einem ganz unheimlichen Feuer, aber rasch gewann sie wieder Gewalt über sich, und sagte jetzt mit vollkommen leidenschaftsloser Stimme: „Das ist eine lange, traurige Geschichte, Sennorita; vielleicht erzähle ich sie Euch ein ander Mal, wenn Ihr eben Geduld habt, sie anzuhören."

„Und Du willst jetzt wieder gehen? — es wird dunkel, und einsam in den Straßen."

„Ich fürchte mich nicht," sagte das junge Mädchen trotzig; „ich bin meinen Weg allein durch das ganze Leben gegangen und scheue mich nicht vor den finstern Straßen Mexiko's, außerdem führe ich eine Waffe —" und ohne sich weiter von ihrer Herrin zu verabschieden, verließ sie das Zimmer und das Haus.

Und Tage vergingen, die Wechsel waren, wie der Telegraph schon gemeldet, richtig in Veracruz angelangt und acceptirt worden, und könnten bald zurück in Mexiko sein, der Zeitpunkt rückte immer näher, wo die Summe ausgeliefert werden sollte, und indessen hatten die Eltern nichts, gar nichts von ihrem Sohn gehört. Lebte er denn nur noch? In halber Verzweiflung verbrachten sie die Stunden, und außerdem rückte der schon in der Stadt bekannte Hochzeitstag heran — und der Bräutigam fehlte. Die Familie Arvila's war ja aber keine so unbedeutende, als daß die Gesellschaft keine Notiz von ihr genommen hätte. Ein paar Tage konnte die Entführung des Bräutigams geheim bleiben, aber nicht länger und bald verbreitete sich denn auch das Gerücht der wirklichen Thatsache in der Stadt und wurde nur noch hier und da bezweifelt, weil sich eben beide Familien so merkwürdig ruhig dabei verhielten.

Juarez selber hörte davon, erklärte es aber für eine tolle Erfindung, weil Arvila sonst jedenfalls ihn deshalb zuerst aufgesucht hätte, und man fing darnach auch schon an in der Stadt zu munkeln, die Plagiargeschichte sei eben nur ein Vorwand und die Verbindung zwischen den jungen Leuten — aus irgend welchem unbegreiflichen Grund — abgebrochen worden. Juan Guitierrez wäre dann verreist, um dem Gespräch darüber aus dem Wege zu gehen, und die Räubergeschichte passe der Familie ausnehmend, weil sie die Aufmerksamkeit der Gesellschaft auf eine andere Spur lenkte.

Erst durch den Polizeidirektor erfuhr der Präsident endlich, daß es sich hier um ein wirkliches Verbrechen handle, und suchte jetzt Arvila selber auf, um die näheren Data zu erhalten, und energische Nachforschungen anzustellen. Der alte Arvila weigerte sich aber entschieden, darauf einzugehen, denn er wollte das Leben seines künftigen Schwiegersohnes nicht gefährden. Was lag ihm daran, ob die Räuber später erwischt wurden oder nicht, wenn

er nur das Glück seines Kindes sicherte? Juarez übrigens be=
gnügte sich nicht damit. Er hatte von dem obersten Polizei=
beamten erfahren, daß Arvila sowohl als Guitierrez vermutheten,
Juan habe an jenem Abend den Zug versäumt, sei dann zu
Fuß, in der Dämmerung, nach Tacubaya hinausgegangen und
unterwegs, wahrscheinlich von Leuten, die ihn kannten und
wußten, daß sie einen guten Fang an ihm machten, aufgegriffen
und fortgeschleppt worden. Zahlreiche Patrouillen mußten jetzt,
von Leuten geführt, die jeden Schlupfwinkel kannten, die benach=
barten Berge durchstöbern, und Spione wurden nach verschie=
denen Richtungen ausgeschickt, aber Alles umsonst. Immer und
immer wieder kehrten sie unverrichteter Sache zurück, und es
blieb förmlich räthselhaft, wo jene Verbrecher ihr Opfer, wenn
es überhaupt noch lebte, versteckt halten konnten.

So war endlich der sechste Tag heran, und mit ihm der
Bote von Veracruz zurückgekommen, der die Wechsel brachte.
Insofern stand also der Sache nichts mehr im Wege, aber ein
Resultat hatten die indessen angestellten Forschungen nicht gehabt,
und der arme Guitierrez kam jeden Morgen voller Hoffnung in
die Hauptstadt, um Abends dann mit wahrem Schmerz im Herzen
nach Tacubaya zurückzukehren und dort ebenfalls nur Jammer
und Thränen zu finden.

Mercedes war die letzten drei Tage gar nicht nach Hause
gekommen, und Dolores begann schon sich ihrethalben zu sorgen.
Ihre Mutter frug wohl auch nach ihr, aber sie gab ausweichende
Antworten; sie hatte Urlaub von ihr bekommen, um der Hochzeit
ihrer Schwester beizuwohnen und würde in den nächsten Tagen
zurückkehren. Damit beruhigte sich die Sennora vollkommen,
denn sie hatte Anderes genug, was ihr durch den Kopf ging;

Dolores aber sehnte sich darnach, das Mädchen wieder zu sehen, denn daß sie ihre Zeit nicht müßig verbracht hatte, wußte sie.

Sie ging in ihrem Zimmer auf und ab, die Hände unruhig gefaltet, den Kopf gesenkt, und nur dann und wann trat sie an das halbverhangene Fenster, um einen fast wie scheuen Blick auf die Straße hinab zu werfen.

„Sennorita," sagte da eine leise Stimme, und als Dolores sich wirklich erschreckt darnach wandte, stand Mercedes auf der Schwelle, aber sie sah bleich und erschöpft aus: der Rebozo war ihr auf die Schultern zurückgefallen, die schwarzen dichten Locken hingen ihr wirr um die Schläfe, und wie ermattet sank sie auf den nächst der Thür stehenden Stuhl.

„Mercedes! Um der heiligen Jungfrau willen, wie siehst Du aus?" rief das junge Mädchen, indem sie auf sie zuflog; „was ist geschehen?"

„Nichts, Sennorita," lächelte Mercedes, leise und wehmüthig mit dem Kopfe schüttelnd; „nur ermattet bin ich und meine Knie wollten mich nicht länger tragen, aber drei Nächte ist auch kein Schlaf in meine Augen gekommen."

„Und Alles umsonst, Alles umsonst?" klagte Dolores.

„Doch vielleicht nicht," flüsterte das junge Mädchen, indem sie den Blick scheu umher warf; „aber, ich kann gar nicht sprechen, die Zunge klebt mir am Gaumen."

Dolores flog hinaus auf den Korridor und kam schon in der nächsten Minute mit einem großen Glas voll Xeres zurück, das Mercedes auch zur Hälfte leerte. Sie richtete dabei auch keine Frage an die Dienerin, aber ihr Blick hing fest und angstvoll an ihren Lippen — war es denn so Gräßliches, was sie ihr zu verkünden hatte? Mercedes bedurfte in der That mehrerer Minuten um sich zu erholen, aber ihr starker Geist siegte bald über eine augenblickliche Schwäche, und sich die Locken aus der Stirn streichend, sagte sie leise:

„Ich danke Ihnen, Sennorita, das hat mir gut gethan; und nun vor allen Dingen, was haben Sie in der Zeit erfahren?"

„Ich dächte, Du hättest mir etwas zu vertrauen?"

„Lassen Sie mich erst hören, was indessen hier vorgefallen ist. Es kommt doch jetzt Niemand?"

Dolores ging zur Thür und schob den Riegel vor, dann sagte sie leise: „Vorgefallen ist hier eigentlich nichts. Die Regierung hat wohl eine Menge Patrouillen in die ganze Nachbarschaft geschickt und alle Wälder und Schluchten absuchen lassen, auch einige verdächtige Gesellen eingefangen, von Juan aber keine Spur gefunden."

Mercedes nickte leise vor sich hin mit dem Kopf. „Und Ihr Vater?"

„Scheint sich jetzt in das Letzte gefügt zu haben, die Zeit ist auch bald verstrichen und er erwartet nun den bestimmten Abend in Geduld. Es wird nichts Anderes übrig bleiben, als eben das Lösegeld zu zahlen."

„Und wer hat indeß das Haus besucht?"

„Fast Niemand, wir haben recht still und einsam in der ganzen Zeit gelebt. Sennor Bastiani war mehrmals hier, selbst der Präsident und einige alte Freunde meines Vaters."

„Und von jungen Leuten?"

„Von jungen Leuten eigentlich Niemand. Don Guzman nur, der sich auf das Angelegentlichste nach Juan erkundigte und seine Dienste anbot."

„Und weiter Niemand?"

„Nein; doch ja, einmal auch Don Leonardo, der aber gar

nichts von der Sache zu wissen schien, denn er wollte ein Buch von Papa borgen."

„Welcher Don Leonardo?"

„De Guerra," und wieder nickte Mercedes vor sich hin. „Eines aber, was mir aufgefallen ist," fuhr Dolores fort, „war ein junges Mädchen, in die einfache Bürgertracht gekleidet, wie Du gehst, Mercedes, nur mit einem dunkelblauen Rebozo, mit dem sie ihr Gesicht aber immer halb versteckt trug. Jeden Tag jetzt habe ich sie hier beobachtet, als ob sie auf Jemanden warte, und nur wenige Minuten vorher, ehe Du kamst, stand sie dort drüben an der Ecke."

Mercedes glitt zu dem Fenster und sah hinaus, aber auf der Straße drüben war in diesem Augenblick Niemand, der der bezeichneten Gestalt glich, zu erkennen.

„Und was that sie? Wie betrug sie sich?" frug das junge Mädchen.

„Scheu, wie es mir vorkam, es schien mir fast, als ob sie so viel wie möglich vermeide, gesehen zu werden; gestern aber, als ich ausging, folgte sie mir eine ganze Strecke, und einmal, als ich vor einem Laden stehen blieb, um die darin ausgestellten Bilder zu betrachten, sie aber immer dabei, so weit das geschehen konnte, im Auge behielt, kam sie, während sie sich bis dahin immer an der anderen Seite der Straße gehalten, herüber auf die Seite, auf der ich mich befand."

„In welcher Straße war das?"

„In der Calle San Francisco, und ich glaubte schon, sie wolle mich anreden. Gerade aber als ich mich zu ihr wandte, schrak sie, wie es mir vorkam, zusammen, hüllte sich fest in ihren Rebozo, und schritt dann, ohne mich auch nur anzusehen, an mir vorüber."

„Und haben Sie nicht darauf geachtet," rief Mercedes rasch, „wer sonst noch auf der Straße sich in Ihrer Nähe befand oder vorüber ging?"

„Nein," sagte Dolores nachdenkend, „meine Aufmerksamkeit war so vollständig auf das junge Mädchen gerichtet, daß ich wenig auf Anderes achtete. Ich glaube, ich begegnete nachher einigen Beamten, aber ich weiß es wirklich nicht mehr genau."

„Sie erinnern sich auf keinen mehr?"

„Sennor und Sennora Almeja, dächte ich, wären dabei gewesen, dann der junge de Guerra — aber das war wohl später, oder vorher gewesen, ich weiß es wahrhaftig nicht mehr; aber weshalb?"

„Ist das vielleicht das Mädchen?" frug Mercedes jetzt, die seitdem das Fenster nicht aus den Augen gelassen hatte, und immer wieder hinabsah; „die dort drüben?"

Dolores folgte dem ausgestreckten Arm mit den Blicken.

„Nein," sagte sie aber gleich darauf, „das ist ja eine Indianerin; das junge Mädchen hatte höchstens leicht gemischtes Blut und war nur — aber da kommt sie, da ist sie, so wahr ich lebe! Siehst Du, wie sie das Haus hier im Auge behält, die dort drüben in dem dunkelblauen Rebozo? Und dort bleibt sie jetzt stehen; so wie jetzt wartet sie manchmal Stunden lang."

Mercedes hatte die junge Fremde eine Zeit lang schweigend beobachtet; endlich sagte sie leise:

„Und nun will ich Ihnen auch sagen, was ich gefunden. Jenen Zambo, jenen Rodolfo, den ich als einen durchtriebenen, nichtswürdigen Halunken, als einen Straßenräuber und Mörder kenne, und der nur nie bestraft wurde, weil er mit vielen reichen und angesehenen Leuten in Verbindung steht, habe ich wirklich ausgekundschaftet und weiß, daß er gegenwärtig viel mit einem Sennor verkehrt, der — Leonardo de Guerra heißt."

„Don Leonardo?" rief Dolores erstaunt.

„Nicht so laut, Sennorita," warnte aber Mercedes; „wir wissen nicht, wie weit die Verbindungen dieses jungen Wüstlings reichen, und Vorsicht kann nie schaden."

„Aber Du glaubst doch nicht," flüsterte Dolores, fast krampfhaft Mercedes Arm ergreifend, „daß Sennor de Guerra bei diesem furchtbaren Verbrechen —"

„Quien sabe," sagte achselzuckend Mercedes; „ich weiß, daß der Sohn des reichen Lucido einen gemeinen Straßenraub ausführte und sogar Andere verleitete, die dann für ihn büßen mußten. Die Familie de Guerra ist aber, wie man sich in der Stadt erzählt, verarmt, und der alte Herr mag so brav und ehrlich sein wie er will, aber der junge Nachwuchs ist jetzt überall verderbt und — zu Allem fähig."

„Aber welche Beweise hast Du für eine so furchtbare Beschuldigung?"

„Für jetzt noch keine, ich weiß nur, daß jener Robolfo mit Don Leonardo verkehrt und daß Beide häufig ein Haus in der Calle del Factor, einer abgelegenen Straße, besuchen. Schräg gegenüber dort wohnt ein armer Modelleur von Wachsfiguren, dessen Frau ich von früher her kenne. Dort habe ich die meiste Zeit der letzten Tage zugebracht, und merkwürdigerweise auch Don Guzman in jener Straße gesehen."

„Don Guzman?" rief Dolores, aufmerksam werdend; „er war gleich am ersten Abend hier und frug nach Don Juan."

Mercedes stand noch immer, aber durch die Gardinen nach außen zu verdeckt, am Fenster und schaute nach der weiblichen

Gestalt hinüber, die in der That dort drüben lehnte, als ob sie irgend Jemanden erwarte.

„Ja," sagte sie, ohne jedoch den Blick von der Straße zu wenden, „und daß er dabei die Hand im Spiele hat, darauf wollte ich mein Seelenheil verwetten. Aber kommen Sie, Sennorita, nehmen Sie Ihren Rebozo und lassen Sie uns die Straße hinabgehen; ich bleibe eine kurze Strecke hinter Ihnen!"

„Aber weshalb, Mercedes?"

„Es ist möglich, daß jene Frau Sie sprechen will, und dann bekommt sie Gelegenheit, Sie anzureden; sie wird ungeduldig — ist es nicht der Fall, nun dann kann sie uns einfach vorüber lassen."

„Aber was kann sie mir zu sagen haben?"

„Quien sabe? in jetziger Zeit dürfen wir nichts außer Acht lassen?"

„Du bist erschöpft, Mercedes."

„Der Wein hat mir gut gethan, und es sind ja auch nur wenige Schritte. Kommen Sie, die fremde Frau geht sonst wieder fort und wir versäumen vielleicht den rechten Augenblick."

Neuntes Kapitel.

Juanita.

In allen spanischen Kolonieen ist es fast allgemeiner Gebrauch, daß eine junge Dame nicht allein ausgeht, sondern eine ältere oder auch junge Begleiterin mitnimmt. Es konnte demnach nicht auffallen, daß Dolores jetzt mit Mercedes ebenso langsam durch die Straße schritt, als ob sie einige Einkäufe machen wollte. Mercedes nur hatte ihren Rebozo wieder fest um sich geschlagen, behielt aber dabei, sowie sie nur aus dem Haus traten, die Fremde fest im Auge und sah auch, daß diese in demselben Moment, wo sie ihrer ansichtig wurde, eine rasche Bewegung machte. Trotzdem blieb sie aber, selbst als sie dicht an ihr vorüber gingen, ruhig stehen, ja wandte ihnen nicht einmal das Antlitz zu, und keine der Beiden wagte auch, sich nach ihr umzusehen. Als sie die Plaza erreichten, bogen sie aber links ein, schritten an den Häusern hin und hielten erst, als sie die Kolonnaden erreichten, wo eine Menge von Gegenständen zum Verkauf ausgestellt waren. Hier konnten sie recht gut stehen bleiben, um sich Einiges anzusehen, und nun wandte Mercedes auch den Kopf und bemerkte richtig wieder die Fremde, die ihnen in ganz kurzer Entfernung, ja fast unmittelbar hinter ihnen, folgte.

„Da kommt sie," flüsterte sie leise Dolores zu, und mit den Worten fast zugleich stand das junge Mädchen, dessen Gesichtszüge aber der Rebozo vollständig verhüllte, so daß nur das eine Auge daraus hervorblitzte, an ihrer Seite.

„Kann ich ein paar Worte mit Ihnen allein sprechen, Sennorita?" sagte sie rasch, doch mit unterdrückter Stimme.

„Mit mir?" frug Dolores zurück, und sie fühlte, wie ihr die Aufregung in diesem Momente fast die Sprache benahm.

„Ja, aber nicht hier," fuhr die Fremde bringend fort; „es ist wichtig, gehen Sie zurück in Ihre Wohnung, ich folge Ihnen."

Dolores stand einen Moment zögernd, Mercedes aber hatte auch schon ihren Arm gefaßt, und sie mit sich fortführend, flüsterte sie ihr zu:

„Die Straßen haben Augen, an jedem Fenster kann ein Lauscher stehen, kommen Sie, Sennorita," und die jungen Mädchen wandten sich und schritten denselben Weg zurück, den sie gekommen. Die Fremde aber folgte ihnen nicht, sondern schlug eine entgegengesetzte Richtung ein; sie sah sich auch nicht nach den Beiden um, sondern schritt, wie auf einem gewöhnlichen Gang begriffen, ihren Weg fort, bis sie zu einer kleinen Querstraße kam, in die sie links einbog. Von da an hielt sie allerdings die Richtung nach der Calle de Santa Teresa, aber durch seitwärts liegende Straßen, und erst als sie in die Nähe von Arvila's Haus kam, musterte sie, soweit das unbemerkt geschehen konnte, die in der Nähe befindlichen Personen, ging dann scharf an der Seite hin und glitt in die für sie offen gelassene Thür hinein.

Dort im Hausflur stand, geduldig harrend, Mercedes, denn sie wußte recht gut, daß die Fremde sie erst auf einem Umweg erreicht hatte. Sie sprach auch kein Wort, sondern winkte ihr nur zu folgen und schritt dann mit ihr die Treppe hinauf und in Dolores' Zimmer, das sie auch, ohne weiteren Befehl abzuwarten, von innen verriegelte.

Dolores stand am Fenster, ihre ganze Gestalt zitterte vor Erwartung, aber auch die Fremde schien bewegt, und ohne den sie verhüllenden Rebozo noch zu entfernen, sagte sie mit durch das Tuch gedämpfter Stimme:

„Ich möchte mit Ihnen allein sprechen, Sennorita."

Mercedes' Blick haftete fest und forschend auf der Gestalt des verhüllten jungen Mädchens, das sich aber wie scheu davor abwandte. „Juanita," sagte sie leise und wie erstaunt, „bist Du das?"

„Ich möchte mit Ihnen allein sprechen, Sennorita," wiederholte noch einmal die Fremde, aber Dolores schüttelte mit dem Kopf.

„Sprich aus, Kind, was Du mir zu sagen hast," erwiderte sie freundlich, „und fürchte Dich nicht vor meiner Mercedes, sie meint es gut und ich habe kein Geheimniß vor ihr."

„Juanita," sagte dabei noch einmal Mercedes, und zwar dringender als vorhin, „bist Du das, Kind? Weshalb versteckst Du Dich vor mir?" und jetzt ohne Weiteres auf sie zugehend, zog sie ihr den Rebozo von der Stirn. Die Fremde ließ das auch ruhig, wenngleich zitternd, geschehen, dann aber lehnte sie ihren Kopf an Mercedes' Schulter und flüsterte leise:

„Sei mir nicht böse, Tante; ich scheute mich vor Dir."

„Vor mir?" rief die also angeredete jugendliche Tante erstaunt aus; „und weshalb scheutest Du Dich vor Deiner Mutter Schwester?"

Das junge Mädchen zögerte mit der Antwort, aber länger konnte sie sich auch nicht halten, und sich an Mercedes' Brust werfend und ihre Arme um ihren Nacken schlingend, schluchzte sie laut.

„Was hast Du, Kind? was hast Du nur?" fragte Mercedes besorgt, indem sie das junge Wesen an sich drückte und ihr leise mit der rechten Hand die Schulter klopfte*). „Komm, sprich, Du bist hier unter Freunden. Du hast etwas auf dem Herzen, schütte es in meine Brust aus, und wenn ich Dir helfen kann oder die Sennorita, so soll es mit Freuden und gutem Willen geschehen."

Zuerst antwortete Juanita nicht; sie zitterte in Mercedes' Armen und klammerte sich nur um so fester an sie an, aber lange dauerte das trotzdem nicht. So jung sie noch sein mochte, ihr Charakter war schon im Leben gestählt worden, und mit noch immer halb schluchzender Stimme, ohne für jetzt Mercedes loszulassen, sagte sie:

„Ja, ich will reden, Mercedes, ich muß reden und habe ja auch deshalb nur die Sennorita aufgesucht, obgleich ich wußte, daß Du hier im Hause seiest."

„Und fürchtest Du Dich vor mir?"

„Ja, Mercedes," hauchte das junge Mädchen, „ich fürchte mich vor Dir, weil ich schlecht gewesen bin, recht, recht schlecht."

„Juanita," sagte Mercedes weich und schmerzlich.

„Aber ich bin trotzdem hergekommen," fuhr diese fort, „weil ich wieder gut machen will, was ich gefehlt, so weit das eben noch möglich ist."

„Und was ist das, Juanita?" sagte Mercedes liebkosend; „betrifft es die Sennorita, weil Du doch diese sprechen wolltest, so rede frei, Du bist hier unter Freunden."

---

*) Das leise Schulterklopfen spielt in Mexiko eine große Rolle. Bei Begrüßungen, selbst unter Männern, gilt es als ein Zeichen der Achtung, sich zu umarmen, und als ein verstärkter freundschaftlicher Beweis, sich dabei gegenseitig mit der rechten Hand die Schulter zu klopfen. Herren unter einander küssen sich aber nie.

„Ja," hauchte Juanita, „es betrifft sie, es betrifft ihren Bräutigam."

„Ha!" rief Dolores erschreckt aus, „und Du weißt, wo er ist?"

„Ja," flüsterte Juanita, „ich weiß es."

„Und wo? Draußen im Land?"

Das junge Mädchen schüttelte rasch mit dem Kopf. „Nein," sagte sie, „er ist hier in der Stadt."

„In der Calle del Factor?" rief Mercedes fast athemlos.

„Ave Maria!" sagte Juanita erbleichend, „woher weißt Du das?"

„So hatte ich Recht," nickte Mercedes, „und nun kenne ich auch die Verbrecher: de Guerra und Guzman mit dem Zambo Rodolfo."

„Santa Maria purisima!" rief Juanita, erschreckt vor ihr zurücktretend, „Du nennst die richtigen Namen!"

„So erzähle, was Du weißt, Juanita," drängte jetzt Mercedes. „Wo wurde er überfallen und wie kam er in jenes Haus?"

Juanita barg für kurze Zeit ihr Antlitz in den Händen, dann flüsterte sie leise: „Das ist es, was mir auf der Seele liegt; ich, ich lockte ihn dahin."

„Du?" rief aber auch jetzt Dolores, in jähem Schreck emporfahrend, indem sie beide Hände in Todesangst auf ihrer Brust faltete, „o heilige Jungfrau!"

Juanita durchschaute im Nu, was Dolores so bestürzt machte, und sie sagte rasch:

„Ihr thut ihm Unrecht, Sennorita; ich täuschte ihn, ich stellte mich, als ob ich mir den Fuß vertreten habe und nicht von der Stelle könne, und freundlich geleitete er mich nun, wie er glaubte, zu meiner Mutter."

„Und das thatest Du, Juanita?" sagte Mercedes, während ein schwerer Seufzer ihre Brust hob; „wenn das Deine selige Mutter erlebt hätte!"

Juanita schlug die Augen scheu zu Boden. „Ich stand so ganz allein," sagte sie endlich. „Dich, Mercedes, glaubte ich noch in Queretaro; ich wußte noch nicht, daß Du zurückgekehrt."

„Und ich glaubte Dich in Puebla."

„Auch erst seit wenigen Monden bin ich zurück und hatte Niemand, der mir rathen konnte, der mich lieb hatte. Da," und ihre Stimme sank zu einem Flüstern herab, „kam ein böser tückischer Mann mit leisen Schmeichelworten und lauten Schwüren, ich sollte sein Weib werden, wie er mir log, ich sollte wie eine Sennorita leben all' meine Tage. Ich glaubte ihm und — beging ein Verbrechen."

„Und was geschah mit Juan?" rief Dolores bewegt; „wo ist er jetzt? Wie geht es ihm, o sprich, Du siehst, wie ich an allen Gliedern zittere."

„Laßt mich ruhig erzählen," bat Juanita, „ich will es mit kurzen Worten thun, und jedes Wort so wahr, als ob ich vor meinem höchsten Richter stände. — Don Leonardo, wie der Verräther heißt, welcher mich betrog, hatte mich zu der That beredet und sie gelang. Mehrere Abende warteten wir umsonst — der Sennor kam, aber nicht allein — er mußte unterwegs einen Begleiter gefunden haben und wir durften den Versuch nicht wagen. Am dritten Abend gelang es. — Sie nahmen den jungen Menschen, der mich so gutmüthig, selbst auf die Gefahr hin, den Zug zu versäumen, geleitet hatte, gefangen, und schon damals gereute mich mein schlechtes Thun — aber es war geschehen und Don Leonardo versicherte mir dabei mit heißen Schwüren, daß ihm kein Leid widerfahren solle, bis ich mich be=

ruhigte. Nur Geld wollten sie aus den reichen Leuten herauspressen, viel Geld, und damit könnten wir dann, wie er sagte, herrlich und in Freuden leben."

Juanita schwieg einen Moment, dann fuhr sie langsam fort: „An jenem Abend floh ich aus dem Hause, ich mochte dem Blick des Verrathenen nicht begegnen, am andern Morgen aber kehrte ich zurück — ich mußte das Essen bereiten und Einkäufe machen. Sie hatten den armen jungen Menschen an sein Bett angebunden, aber sie behandelten ihn gut; sie trugen auch ihre Gesichter maskirt und verstellten ihre Stimmen so, daß ich selber Leonardo nicht erkannt haben würde. Und Tage vergingen; ich war — eigentlich noch mit keinem Gedanken, um was es sich hier handle — glücklich in dem Gefühl, nun bald recht viel Geld zu besitzen und — eine Sennora zu werden. O, zürne mir nicht, Mercedes, ich fühle, es war schlecht von mir, aber ich wußte es ja nicht anders. Da stieg ein Verdacht in mir auf, daß Leonardo es nicht ehrlich mit mir meine — er war kälter gegen mich geworden, und als ich ihm nachspürte — o, Mercedes, wie wurde ich für meine Schuld gestraft — da fand ich, daß Alles, was er mir gesagt, erlogen gewesen. Er hatte eine andere Geliebte, ein reiches vornehmes Mädchen hier in der Stadt, dort verbrachte er den größten Theil des Tages und ich — war nur zu seinem Zweck benutzt und — verrathen worden. Von da an," fuhr Juanita fort und ihre Stimme wurde vor innerer Aufregung heiser und dumpf, „beobachtete ich alle seine Schritte und hielt mich jetzt auch mehr in der Nähe des Gefangenen. Da, vorgestern, am vierten Tage seiner Gefangenschaft, als Don Leonardo gerade bei ihm die Wache hatte und eine Laterne neben Juan's Bett stand, muß ihm die Maske abgefallen sein, während er sich gerade im vollen Licht befand. Ich hörte, wie Don Juan entsetzt seinen Namen rief, und seit der Zeit hat der böse Mann seinen Tod beschlossen. Ich belauschte ein Gespräch der Beiden — Don Guzman's und Don Leonardo's — Guzmann war dagegen, er wollte kein Blut vergießen, besonders weil er dadurch zu viel Aufsehen fürchtete, aber Leonardo erklärte, seiner Familie wegen dazu gezwungen zu sein. Guzman gab endlich nach, und seit der Zeit ist jener Zambo fast immer an seinem Lager und ich weiß," setzte sie schaudernd hinzu „welchen Auftrag er hat."

„O, Santissima," stöhnte Dolores in Todesangst, „und ist er zu retten?"

„Deshalb kam ich her," sagte Juanita entschlossen, „ich will kein Blut an meinen Händen haben. Ich sündigte, ja — aber mit keiner Ahnung, welche Folgen es nach sich ziehen würde — es war ja so leicht, ein armes unwissendes Mädchen mit schönen und trügerischen Worten zu bethören, aber ein Schritt auf der Bahn der Sünde und — o Santissima, Santissima," setzte sie schaudernd hinzu und barg auf's Neue schluchzend ihr Antlitz in den Händen.

„Was ist zu thun, Mercedes?" sagte da Dolores, die bleich, aber mit einem entschlossenen Ausdruck in den Zügen vor der Dienerin stand. „Wir müssen handeln und rasch handeln, wenn wir des Freundes Leben retten wollen — aber wie? Sollen wir meinen Vater rufen und dann das Haus mit Polizei umstellen lassen?"

„Um Gottes willen, nein," fuhr da Juanita empor, „denn dann ist der Gefangene gewiß verloren. Ich hörte, wie jener Zambo zu Leonardo neulich sagte: Erwischen sollen sie uns sicher nicht, wenn die Geschichte schief ginge, denn der eine Ausweg ist uns sicher, und daß der da drinnen nichts verräth, das werde ich schon besorgen, denn mich kennt er jetzt auch, und ich mag nicht seinetwegen in die Berge gehetzt werden."

„Aber wohin führt der Ausweg, von dem sie sprachen?" frug Mercedes.

„Das weiß ich selber nicht," klagte das Mädchen, „es ist ein altes Haus und nicht weit davon steht ein früheres Kloster — möglich, daß zwischen beiden eine Verbindung, ein versteckter Gang liegt oder eine Thür in einen der benachbarten Hofräume führt. Deren Geheimniß vertrauten sie mir aber nie, denn ich glaube fast, sie haben schon Verdacht gegen mich gefaßt. Don Leonardo frug mich wenigstens noch heute Morgen, was ich hier in der Straße so oft zu suchen hätte, und drohte mir mit einem recht bösen Blick, als ich ihm sagte, daß meine Tante hier wohne. Sie wissen übrigens nicht, daß ich den Namen des Gefangenen kenne. Wird aber das Haus besetzt und sehen sie sich bedroht, dann tödten sie ihn auch sicher vor ihrer Flucht und ich bin dann seine Mörderin."

„Und wenn sie ruhig zufrieden gelassen werden und das Geld bekommen, glaubst Du dann, daß sie ihn ungeschädigt frei lassen?" fragte Dolores.

Juanita zögerte wohl eine halbe Minute mit der Antwort, dann sagte sie leise, aber ganz bestimmt: „Nein, er hat den Einen von ihnen erkannt und der junge de Guerra ist ein böser, leidenschaftlicher Mann — sie werden das Geld nehmen und ihn doch tödten, um nicht verrathen zu werden."

Dolores stöhnte leise vor sich hin; da sagte Mercedes: „Du darfst das Haus betreten, Juanita, wie?"

„Zu jeder Zeit," lautete die Antwort; „es lebt auch noch außerdem oben eine alte Frau darin, die aber schlecht ist und häufig mit jungen Mädchen und Frauen heimlich verkehrt.

„Also kommen auch fremde Leute in das Haus?"

„Ja, aber nur Frauen, und mit den unten befindlichen Zimmern nicht in Berührung; mein Eingang ist über den engen, dunklen Hof in die kleine, hinten befindliche Küche, und von da erst kann ich zu dem Gefangenen gelangen. Die beiden Thüren vorn sind fest verschlossen und verriegelt und werden nie geöffnet. Selbst die Sennores müssen stets durch die Küche gehen."

„Und Mädchen, sagst Du, kommen zuweilen zu der Frau?" frug Mercedes.

„Ja, tia — auch Frauen — aber immer nur heimlich und fest in ihren Rebozo oder auch in eine seidene Mantilla gehüllt. Sie lassen nie ihr Gesicht sehen, denn sie sind nicht auf guten Wegen dort."

„Männer nicht?"

„Nein, ich wenigstens habe noch nie einen in dem Haus gesehen, auch selber den strengen Befehl erhalten, nie einem solchen die Thür zu öffnen."

„Und Du glaubst, daß die alte Frau weiß, welch' ein Verbrechen sich unten in ihrem Hause versteckt hält?"

„Ich kann es nicht bestimmt behaupten, Sennorita, aber es ist kaum anders möglich, denn sie war selber schon unten und hat lange mit Don Leonardo gesprochen."

„Dann, Mercedes," sagte Dolores plötzlich und ihre ganze Gestalt hob sich, ihre Augen blitzten wie schwarze Diamanten, „dann bleibt uns nichts übrig, als den Unglücklichen selber zu befreien — hilfst Du mir?"

Ein helles Lächeln stahl sich über die wirklich schönen Züge der Mestizin, ihre Wangen färbten sich, ihre Augen funkelten kaum weniger, als die der Herrin, und ihr die Hand hinüberreichend, sagte sie:

„Hier bin ich, und ich denke, wir führen es durch, denn Juanita kann uns geleiten und den rechten Augenblick bestimmen. Willst Du uns führen, Juanita, und damit alles Geschehene gut machen?"

„Ja," hauchte das junge Mädchen leise — „aber — müssen sie sterben?"

Ein recht weher Zug legte sich um Mercedes' Lippen, aber sie schloß die Nichte in ihre Arme, drückte einen herzlichen Kuß auf ihre Stirn und flüsterte:

„Sorge Dich nicht, Juanita, — wir wollen nicht den Tod eines Menschen, wir wollen nur einen Unglücklichen erretten. Es sind Verblendete, die Goldgier und blinde Leidenschaft zu einem Verbrechen getrieben und die jetzt, in der Angst um ihr eigenes Leben, auch vielleicht einen Mord nicht scheuen würden. — Nur jener Bube, jener Zambo, verdient den Tod hundertfach und vielleicht entgeht er diesmal seiner Strafe nicht. Aber, wie ist der Gefangene bewacht?"

„Der Zambo ist von Nachmittags vier bis um Mitternacht allein bei ihm, dann kommt einer der beiden Sennores, die dort ein Bett stehen haben, und bleibt bis zehn Uhr Morgens, wo ihn dann der Andere bis wieder vier Uhr ablöst. Ueber Tag kommt es auch zuweilen vor, daß zwei zugleich dort sind, aber das geschieht nur selten, denn sie begehen die Straße nur vor= sichtig, um eben Aufsehen zu vermeiden, obgleich das in jenem abgelegenen Theil der Stadt wohl kaum zu fürchten ist."

„Und heute ist es nicht mehr möglich?"

Juanita schüttelte den Kopf. „Es dunkelt schon," sagte sie, „und in dem Haus ist es jetzt so finster, daß man kaum den Weg findet; wir dürfen es heute nicht mehr wagen, denn wenn wir mit zweien von ihnen dort zusammenträfen, wären wir im Dunkeln verloren."

„Und meinem Vater soll ich nichts davon sagen?"

„Er würde Ihnen nie gestatten, einen solchen Schritt zu thun," sagte Mercedes, entschieden mit dem Kopf schüttelnd.

„Hätte der Unglückliche nur nicht in der ersten Ueberraschung den Namen Leonardo's genannt," klagte Juanita, „sie würden ihm nie ein Leid angethan haben, aber jetzt ist sein Leben jeden Augenblick gefährdet."

„Nein," sagte Mercedes bestimmt, „sicher jetzt noch nicht, denn sie können nicht wissen, ob sie nicht zur Herausgabe des Geldes seine Unterschrift gebrauchen."

„Die sie aber jeden Augenblick von ihm fordern können," warf Dolores ein; „nein, ich fühle, wir müssen rasch handeln, wenn wir nicht zu spät kommen sollen. Wann holst Du uns ab, Mädchen?"

„Um vier Uhr habe ich stets das einfache Mahl für den Gefangenen beendet und verlasse das Haus, bin aber noch manchmal genöthigt, etwas zu holen, so daß es nicht auffällt, wenn ich zurückkehre. Um halb fünf Uhr finden wir den Zambo gewiß allein; gestern freilich kam Don Leonardo noch einmal zurück und dem, wie Rodolfo traue ich am wenigsten."

„Und wäre es nicht möglich," sagte Mercedes, „gerade diesen Sennor in der Zeit zu beschäftigen?"

„Daran dachte ich eben," sagte Dolores rasch; „laß mich machen, Mercedes, ich habe einen Plan, der vielleicht nach zwei Seiten wirkt und uns seiner Anwesenheit in jenem Hause sicher enthebt. Ist der Zambo bewaffnet?"

„Gewiß ist er," rief Mercedes, „aber was thut das? Er erwartet von Frauen wahrlich keinen Angriff und — bei der heiligen

Jungfrau," setzte sie mit blitzenden Augen hinzu, indem ihre Hand nach der Seite zuckte, „er soll sich überrascht finden. Aber auch Sie, Sennorita, müssen ein Messer mitnehmen."

„Ich wäre nie im Stande, es zu gebrauchen," sagte das junge Mädchen schaudernd; „aber mein Vater hat in seiner Stube zwei stets geladene vortreffliche Revolver, von denen werde ich einen an mich nehmen."

„Und verstehen Sie, die Waffe zu führen?"

„Stunden lang haben wir schon damit nach der Scheibe geschossen. Ich treffe auf zehn Schritt einen Peso."

„Und Du, Juanita?"

„O Santissima!" bat das junge Mädchen, verschone mich damit, Mercedes; ich fürchte mich, eine Waffe auch nur zu berühren, aber ich helfe Euch in anderer Weise. In dem Zimmer, in dem der Gefangene liegt, wird es stets dunkel gehalten, aber sie haben eine kleine Laterne dort mit einem Schieber, die werde ich, ehe ich komme, bereit stellen und angezündet halten; aber der Zambo ist stark und wild," setzte sie scheu hinzu, und „Blut — der Gedanke würde mich all' mein Lebtag quälen."

„Wenn Blut fließen muß," sagte Mercedes düster, „so ist es besser das des Schuldigen, als seines Opfers. Hast Du Mitleid mit diesem Thier von einem Menschen? Doch sorge Dich nicht, Juanita!" setzte sie freundlicher hinzu, „Du weißt ja, daß, wenn wir recht thun, die heilige Jungfrau selber unsere Schritte leitet, und es fällt kein Vogel vom Dache ohne ihren Willen. — Und nun geh', mein Kind, und halte gute Wacht. Es ist jetzt so dunkel geworden, daß Du das Haus unbemerkt verlassen kannst — geh' und die Heiligste schütze Dich."

Zehntes Kapitel.
In der Falle.

Am letzten Tag der Frist verstrich dem alten Arvila die Zeit so langsam, als ob sie Blei unter den Füßen hätte. Heute, um Mitternacht, sollten die Wechsel und das Geld in die Hände des Verbündeten der Räuber, vielleicht in die Hand eines der Räuber selber gelegt werden, und Guitierrez war ebenfalls von Tacubaya hereingekommen, um die Sache mit zu arrangiren. Die Papiere befanden sich in voller Ordnung und beide Herren konnten die Zeit jetzt nicht erwarten, in der ihnen ihr unglücklicher Sohn zurückgegeben werden sollte.

Dolores, als sie zum Frühstück kam, sah tobtenbleich aus. Ihr Vater schrieb das aber natürlich der aufregenden und peinlichen Erwartung zu.

„Sorge Dich nicht, mein Kind," sagte er herzlich, „sieh, es ist ja nur der heutige Tag, dann haben wir hoffentlich Alles überstanden. Jene schlechten Menschen besitzen dann das Geld und werden uns den Sohn nicht länger vorenthalten, denn alle ihre Wünsche oder vielmehr Forderungen werden ja befriedigt."

„Ja, mein Vater," sagte Dolores leise, „ich glaube es Dir, und will mich auch nicht sorgen, sondern eine gute Tochter sein. Die Brust ist mir nur heute so beklemmt, und ein Gefühl, als ob ich immer weinen möchte, liegt mir in den Nerven."

„Das kommt von der Aufregung, in der Du Dich befindest Herz," sagte der Vater, leise ihre Stirne küssend; „behalte nur kaltes Blut, denn die schwere Zeit ist bald vorüber und eine heitere Zukunft blüht hoffentlich für Dich auf."

„Das gebe die heilige Jungfrau," sagte das junge Mädchen;

„aber glaube nicht, lieber Vater, daß ich mich schwach fühle. Im Gegentheil, ich habe Muth, Alles zu ertragen, und Du wirst nie hören, daß eine Klage über meine Lippen kommt. Nur dieser Beklemmung konnte ich nicht Herr werden, aber — das ist nur eine kleine körperliche Schwäche," setzte sie mit einem gar so lieben Lächeln hinzu; „geistig bin ich vollkommen frisch, Papa, und es war auch nur jetzt, wo mich ein solches Gefühl überkam. Es ist schon vorüber und Du sollst Dich nicht weiter über mich zu beklagen haben."

Arvila wie Guitierrez hatten nach dem Frühstück etwa eine Stunde ihren Geschäften obzuliegen und Dolores war allein im Salon zurückgeblieben, um einen kurzen Brief zu schreiben und zu couvertiren. Gerade war sie damit fertig und griff just nach der Klingel, um Blas hereinzurufen und ihn mit dem Schreiben fortzusenden, als dieser von selber das Gemach betrat und meldete: „Sennor Don Leonardo de Guerra wünsche der Sennorita oder Don Jose seine Aufwartung zu machen."

Dolores sah den jungen Burschen erstaunt an. „Das ist wunderbar," sagte sie endlich, wie mit sich selber redend, und zerriß dabei den eben erst geschriebenen Brief in zwei Theile; „wunderbar in der That, aber — desto besser. Blas," fuhr sie dann fort, indem sie auf den kleinen indianischen Jungen zuging und ihm die Hand auf die Schulter legte: „Du bist ein kleiner gescheidter Bursche, und ich weiß, ich kann mich auf Dich verlassen."

„Gewiß, Sennorita," sagte der Junge treuherzig. „Gewiß können Sie das."

„Gut, Muchacho, dann gehe hinaus und sage dem Herrn, ich selber wäre gerade beim Ankleiden und das dauerte immer

entsetzlich lange, und mein Vater drüben mit Sennor Guitierrez
— verstehst Du, Blas?"

„Ja, Sennorita."

„Also mit Sennor Guitierrez beschäftigt, um ein wichtiges
Geschäft zu ordnen, das nicht aufgeschoben werden könne. Mein
Vater hätte aber sehr gewünscht, ihn zu sprechen, um ihn in
etwas um Rath zu fragen, und ich selber bäte ihn ebenfalls,
uns heute Mittag um vier Uhr zu besuchen und mit uns zu
diniren. Wir speisen etwas nach vier Uhr, verstanden? Also
mach' Deine Sache gut."

Der kleine Bursche war wie der Blitz zur Thür hinaus,
um seinen Auftrag auszurichten, und daß er es geschickt machte,
darauf konnte sich Dolores verlassen. Das junge Mädchen aber,
die Hände auf ihr Herz gepreßt, ging mit raschen Schritten im
Zimmer auf und ab, und so fand sie der Vater und Guitierrez,
als sie in's Gemach traten.

„Papa," sagte da Dolores, die ihre Fassung vollkommen
wieder gewonnen hatte, und ein leises Lächeln flog dabei über
ihre Züge. „Ich habe Dir auf heute Mittag einen Gast einge=
laden."

„Einen Gast, mein Kind?" sagte der alte Herr etwas er=
staunt, „und heute gerade? — aber wer ist es?"

„Sennor Don Leonardo de Guerra", sagte Dolores mit
einiger Grandezza.

„Don Leonardo?" rief aber jetzt auch Guitierrez überrascht,
„aber wie kommst Du gerade heute auf den Herrn, Kind?"

„Er war eben hier, um uns seine Aufwartung zu machen."

„Und hast Du ihn angenommen?"

„Nein, ich lud ihn auf heute Mittag um vier Uhr ein."

"Sonderbar," sagte Arvila, mit dem Kopf schüttelnd, „und was kann er gewollt haben?"

„Ein eigener wilder Schein glühte in Dolores' Auge, aber er schwand so rasch als er gekommen, und mit gleichgiltiger Stimme sagte sie:

„Quien sabe? wahrscheinlich sich erkundigen, wie wir uns befinden."

„Angenehm ist mir die Einladung heute gerade nicht," sagte Sennor Arvila, „und da Deine Mama heute wieder über heftigen Kopfschmerz klagt, so wäre es vielleicht besser gewesen, wenn — doch, Querida", setzte er, freundlich zu seiner Tochter gewendet, hinzu, „es ist einmal geschehen und wir werden ihn so gast= freundlich empfangen, wie es hergebrachte Sitte bei uns ist, das ganze Haus steht zu seiner Disposition."

„Und ich versichere Dir, Papa," sagte Dolores, plötzlich sehr ernst werdend, „daß Du noch nie einen willkommneren Gast in Deinem Haus gehabt hast."

„Als Don Leonardo?" sagte der Vater lächelnd, „ei, seit wann nimmst Du denn Partei für ihn?"

„Ich habe Dir noch nicht gesagt, daß ich Partei für ihn nehme, Papa," sagte das junge Mädchen; „aber bitte, frage mich jetzt nicht mehr. Du sollst heute Mittag Alles erfahren, und ich müßte mich sehr irren, oder Du wirst die Stunde noch segnen, wo Du ihn unter Deinem Dach gesehen."

„Du sprichst in Räthseln, Mädchen," sagte Arvila, „oder", setzte er rasch hinzu, „hast Du etwa Hoffnung, daß er —"

„Laß Alles bis heute Mittag, Papa," unterbrach ihn Dolores — „bis dahin wird sich Alles finden und erklären, und nun, Sennores, entschuldigen Sie mich, wenn ich mich auf mein Zimmer zurückziehe, denn ich habe einige nothwendige Briefe zu schreiben, die eben keinen Aufschub vertragen."

Arvila schüttelte den Kopf — das Betragen seiner Tochter kam ihm so wunderbar, so ganz unerklärlich vor — aber Mädchenlaunen — wer wollte sie controlliren? — und so mußte er ihr wohl ihren Willen lassen.

Eine Hauptsache blieb noch zwischen ihm und Guitierrez zu reguliren und zwar die: wen sie zu dem Rendezvous hinausschickten, um die Wechsel dem dort harrenden Räuber zu überliefern. Beide hatten vollkommen davon abgesehen, auch nur noch einen Versuch zu machen, um sich des Mannes zu bemächtigen, denn was bezweckten sie damit? Das wäre vielleicht gelungen, aber der Zwischenbote war sogar sehr wahrscheinlich gar nicht bei der Sache betheiligt, und daß sie dadurch dann natürlich das Leben des Gefangenen im höchsten Grad gefährdeten, blieb außer aller Frage. Sie hätten damit nichts erreicht, sondern nur Alles auf's Spiel gestellt. Nein, das Geld hatten sie einmal verloren gegeben — es konnte auch verschmerzt werden, und mit der ehrlichen Auszahlung desselben hofften sie denn auch natürlich die Gegenbedingungen erfüllt zu sehen.

Zu diesem Zweck mußten sie allerdings einen zuverlässigen Mann haben und Guitierrez, noch rüstig und entschlossen, erklärte sich augenblicklich bereit, das selber zu thun. Das aber litt Arvila nicht.

„Der Teufel traue den Schuften!" rief er aus; „wer steht mir dafür, daß sie nicht ebenfalls Hand an Sie selber legen und das nämliche Spiel dann von Neuem beginnen? Nein, Compannero, dann hätte ich Sie nur ebenfalls wieder auszulösen und die Quälerei hörte nicht auf. Es genügt auch, wenn wir nur einen zuverlässigen Burschen haben, und ich glaube, ich kann mich da auf meinen kleinen Indianer Blas vollständig verlassen. Er hat nichts zu thun, als auf das bestimmte Zeichen dem dort auf ihn Harrenden das Couvert mit den Papieren und das Geld zu übergeben."

„Und dann?" sagte Guitierrez finster. „Wer bietet uns auch nur die geringste Sicherheit, daß die Schurken wirklich Wort halten?"

Arvila zuckte mit den Achseln: „Die haben wir allerdings nicht," seufzte er, „aber was bleibt uns Anderes übrig? Wir sind nun einmal auf die Ehrlichkeit der Canaillen angewiesen, und ein solches Vertrauen ist doch auch, in ähnlichen Verhält=nissen, nur erst sehr selten gemißbraucht worden. Sie müssen ja sogar ihr Wort halten, oder sie verderben sich den Markt für alle Zeiten. Nein, sorgen Sie sich deshalb nicht, Guitierrez. Die Hauptsache war, das Geld zu schaffen; das ist jetzt geschehen — der Junge kann den kleinen Sack mit den Unzen außerdem bequem tragen, und für seine Ehrlichkeit bürge ich. Wie gesagt, wir sind einmal dazu gezwungen."

So verging der Tag. Dolores hatte ihr Zimmer nicht verlassen und war nur ein einziges Mal in die Arbeitsstube ihres Vaters hinübergegangen, um sich die Waffe zu sichern. Sie konnte das auch ungehindert thun, denn ihr Vater befand sich noch immer mit Guitierrez zusammen im Salon, und die Revolver lagen in einer offenen Schieblade, die von Arvila nur sehr selten benutzt wurde. Es wäre ein Zufall gewesen, wenn er das eine Stück gleich vermißt hätte. Allerdings schauderte sie zusammen, als sie das kalte Eisen berührte und daran dachte, daß es bestimmt sei, von ihr selber gegen eine Menschenbrust gerichtet zu werden, aber es geschah ja doch nur zur Vertheidi=gung des eigenen Lebens, wie zum Schutz des Geliebten, und mit einer Sicherheit zugleich, die ihr die Waffe bot, erglühte ihr Blick auch wieder mit dem Entschluß.

Da zeigte der Zeiger der Uhr die vierte Stunde — die Entscheidung nahte, und wie sie eben noch einen kurzen Brief beendet und den Namen ihres eigenen Vaters auf die Adresse geschrieben hatte, rief sie den Jungen, der auch schon nach kaum einer halben Minute in ihrem Zimmer erschien.

„Blas!" sagte sie, „Du kennst den Herrn, dem Du heute die Botschaft von mir ausgerichtet?"

„Gewiß, Sennorita."

„Ich will Dir einen wichtigen Auftrag geben, Muchacho," fuhr Dolores fort. „Du kannst nicht lesen, wie?"

„Nein, Sennorita," erwiderte der kleine Bursche klein

„Ich dachte es, aber das schadet nichts. — Hier hast Du zwei Briefe — siehst Du, auf dem einen stehen nur ein paar Worte, auf dem anderen hier ist unter der Schrift ein dicker Strich — kannst Du die beiden jetzt genau unterscheiden?"

„Gewiß, Sennorita."

„Schön — wenn also der fremde Sennor im Haus ist, so springst Du, was Du laufen kannst, auf die Wache im Palacio und giebst diesen Brief mit dem Strich an den Offizier dort ab, verstehst Du?"

„Ja, Sennorita, den mit dem Strich."

„Das ist recht, dann wartest Du dort und der Offizier wird Dir Soldaten mitgeben."

„Soldaten?" sagte Blas erstaunt.

„Ja, Soldaten; vielleicht geht er selber mit. Die führst Du dann, aber mit so wenig Lärm als möglich, herauf, bis oben an die Treppe. Sie sollen den fremden Sennor festnehmen!"

„Don Leonardo?" rief Blas in unbegrenztem Erstaunen aus.

„Don Leonardo!" bestätigte aber Dolores, „in dem Brief steht Alles; doch höre weiter: sobald sie oben an der Treppe sind, gehst Du in den Speisesaal und giebst diesen Brief, auf dem nur die Worte stehen und kein Strich ist, an meinen Vater und passe mir dann auf, daß ihnen der Sennor nicht entwischt, ich mache Dich dafür verantwortlich."

„Ja, Sennorita, was an mir liegt, soll gewiß geschehen," sagte der kleine Bursch, indem er die beiden Briefe genau betrachtete. „Der also mit dem Strich ist für die Wache und der andere hier für den Sennor, und erst laufe ich auf die Wache, bringe die Soldaten hinauf, gebe dem Sennor den Brief, und dann fassen wir den Leonardo ab."

„Bravo, mein Junge, das ist recht," rief Dolores, „hast Du eine Tasche, wohin Du die beiden Briefe stecken kannst?"

„No, Sennorita," sagte der kleine braune Kerl verlegen; „eine Tasche nicht, aber ich stecke sie vorn in's Hemd. Ich kenne sie jetzt und werde sie schon nicht verwechseln. Doch ich glaube, der Sennor kommt, ich höre Schritte draußen auf der Treppe, soll ich jetzt gehen?"

Dolores winkte ihm mit der Hand zu schweigen und horchte hinaus. „Wo ist Mercedes?" sagte sie.

„Sie deckt eben den Tisch."

„Schicke sie her zu mir und komm' mit. Sieh', ob es der Sennor ist, laß Dir aber nichts merken."

Der kleine Bursche lächelte, daß ihm die Sennorita eine solche Ungeschicklichkeit zutraue, und glitt aus der Thür. Es dauerte auch gar nicht lange, so kehrte er mit Mercedes zurück und flüsterte seiner jungen Herrin nur leise zu: „Er ist eben gekommen und geht jetzt in den Saal."

„In die Falle!" sagte Dolores mit blitzenden Augen, „und

nun Blas, mache Deine Sache gut, halte Dich nicht auf, sondern gieb ohne Weiteres den Brief mit dem Strich an Ort und Stelle ab."

„Es ist ein Viertel nach Vier, Sennorita," sagte Mercedes, als Blas das Zimmer verließ; „sind Sie gerüstet? Juanita kann jetzt jeden Augenblick kommen."

„Ich bin gerüstet, Mercedes," sagte das junge schöne Mädchen, und ihre ganze Gestalt hob sich in dem Gefühl, daß sie jetzt selbstständig und entschlossen handeln durfte, um den Geliebten zu befreien. „Sorge Dich auch nicht um mich, jede Schwäche ist von mir gewichen, und ich sehne sogar jetzt den Augenblick herbei, wo ich dem Buben gegenübertreten kann."

„Und wollen wir fort?"

„Nein, ich muß erst hinüber in den Salon, um unseren Gast zu begrüßen, der heute leider etwas lange auf das Diner wird warten müssen. Sollte Juanita in der Zeit kommen, so rufe mich nur einfach heraus. Das Essen ist doch etwas verzögert, so daß die Speisen nicht gleich angerichtet werden können?"

„Es ist Alles richtig besorgt, haben Sie keine Angst."

„Dann auf Wiedersehen, Mercedes," und mit leichtem Schritt rauschte sie hinüber in den Salon, festlich zur Tafel geschmückt und mit gerötheten Wangen und vor Aufregung funkelnden Augen.

„Ah, Sennorita," trat ihr hier Leonardo mit seinem freundlichsten Lächeln entgegen, „wie liebenswürdig von Ihnen, daß Sie mir diese kurze Stunde vergönnt! Und noch glücklicher würden Sie mich machen, wenn Sie mir, wie Ihre Einladung es anzudeuten schien, Gelegenheit geben wollten, Ihnen in etwas zu dienen."

„Sie sind so gütig, Sennor," sagte Dolores, indem sie die

ihr gebotene Hand nahm, und nur da erbleichte sie etwas, als sie den leisen Druck der seinen fühlte, aber es war auch nur ein Moment, und mit einem Lächeln sogar setzte sie hinzu: „aber von Geschäften sprechen wir erst nach Tisch. Ich habe eine große Bitte an Sie und weiß auch wirklich kaum, ob sie geneigt sein werden, sie zu erfüllen."

„Sennorita," rief Don Leonardo rasch, „betrachten Sie mich ganz als zu Ihrer Verfügung in jeder Hinsicht!"

„Das ist sehr liebenswürdig von Ihnen," lächelte das junge Mädchen, „aber versprechen Sie nicht zu viel, denn es könnte Sie vielleicht nachher gereuen."

„Wenn Sie mein Herz sehen könnten, Sennorita."

„Es ist vielleicht ein Glück, daß ich es nicht kann," erwiderte Dolores, wie auf einen Scherz eingehend; „aber Papa," wandte sie sich dann zu ihrem Vater, der unfern davon am Tisch stand, „Du bist so still, fehlt Dir etwas?"

Der alte Herr befand sich hier wirklich nicht ganz in seinem Element. Erstlich hatte er keine besondere Freude an der ganzen Einladung gehabt. Er mochte den jungen de Guerra nicht leiden, und seine Tochter wußte das, und er hatte außerdem keine Ahnung, was sie möglicherweise von ihm erbitten wollte, ohne noch dazu vorher seinen Rath einzuholen. Die ganze Sache war ihm unbehaglich und außerdem fiel ihm das ganze Benehmen der Tochter auf, die bisher still und niedergedrückt gewesen und jetzt auf einmal aus sich heraus zu gehen schien, und gerade diesem Fremden ein so freundliches Antlitz zeigte.

„Nein, mein Kind," sagte er, wirklich etwas verlegen, „mir fehlt gar nichts, ein klein wenig Kopfweh vielleicht abgerechnet, was aber jedenfalls wieder vorübergeht."

„Und wo ist Mama?"

„Sie wird gleich kommen. Sie müssen sie entschuldigen, Don Leonardo. Sie wissen wohl, Damen werden nie mit ihrer Toilette fertig."

„Da thun Sie aber der Sennorita Unrecht," sagte Leonardo mit seinem freundlichsten Lächeln; „Donna Dolores war fast auf die Minute im Salon."

„Meine Tochter macht davon allerdings eine rühmliche Ausnahme," erwiderte Don Jose, um nur etwas zu sagen, denn seine Gedanken weilten in ganz anderen Sphären; „aber wie ist es mit dem Essen, Queriba? ich muß Dir gestehen, ich bin hungrig geworden."

„Es wird den Augenblick kommen, Papa, ich war vorher in der Küche, Mama ist ja noch nicht einmal da."

In dem Augenblick öffnete sich die Thür, und Sennora Arvila in exquisiter Toilette erschien im Salon. Während der sehr formellen Begrüßung aber steckte Mercedes den Kopf in die Thür und ihr Auge traf Dolores.

„Ich werde einmal in die Küche sehen," sagte die junge Dame; „Sie entschuldigen mich einen Augenblick, Sennor. Die Leute zögern wirklich über die Zeit."

„Mein werthes Fräulein!"

Dolores huschte aus der Thür und hinüber in ihr Zimmer. Dort warf sie ihren Rebozo um, ergriff den schon bereit liegenden Revolver und eilte dem Korridor zu.

„Alles bereit, Mercedes?"

„Juanita steht unten und wartet auf uns."

„Vamonos muchacha!" rief das junge Mädchen und eilte mit flüchtigen Schritten die Treppe hinab und hinaus auf die Straße.

Unten an der Thür begegnete ihr Plas, der, nicht wenig

stolz, mit einer Patrouille herankam. Ein junger Offizier, freilich noch ein etwas sehr grüner Bursch, begleitete sie.

„Sennorita," sagte dieser, der die junge Dame sehr gut kannte, „Sie sehen, daß wir bereitwilligst Ihrer Ordre folgen. Wo ist der Verbrecher?"

„Oben bei meinem Vater, doch dieser hat noch keine Ahnung von seinem Vergehen. Lassen Sie den Knaben erst den Brief abgeben, den ich für ihn geschrieben habe. Wie viel Mann kommandiren Sie?"

„Zehn Mann."

„Zu viel, um einen Einzelnen gefangen zu nehmen, wollen Sie mir vier davon mitgeben?"

„Sie stehen zu Ihrer Disposition."

„Ich danke Ihnen aufrichtig und bitte Sie nur, ihnen zu befehlen, daß sie von außen das Haus besetzen, in das ich mit meinen Begleiterinnen eintrete, bis wir sie hereinrufen. Wollen Sie das?"

„Die ganze Truppe steht zu Ihrer Disposition, Sennorita," sagte der kleine Lieutenant mit unendlicher Liebenswürdigkeit.

Dolores lächelte. „Sie sind sehr freundlich, Sennor," sagte sie, „aber ich brauche nur vier Mann, und wollen Sie diesen befehlen, daß sie uns in einiger Entfernung folgen und ruhig Posto an dem Hause nehmen, das wir betreten?"

„Sie haben darüber zu verfügen," sagte der junge Mann, gab aber dann auch augenblicklich die nöthigen Befehle, und wenige Minuten später schritt Dolores mit den beiden Mädchen Mercedes und Juanita, von den Soldaten auf etwa fünfzehn Schritt gefolgt, rasch die Straße hinab.

Oben im Speisesaal standen sich indessen Sennora Arvila und Don Leonardo mit leeren Redensarten, wie das gewöhnlich der Fall ist, gegenüber; die Sennora freute sich natürlich ungemein, Don Leonardo, der sie so selten besuchte, einmal bei sich zu sehen, und Don Leonardo seinerseits konnte kaum Worte finden, um ihr auszudrücken, wie glücklich er sich fühlte, einmal die Gelegenheit zu bekommen, ihr seine Huldigungen zu Füßen zu legen.

Draußen auf der Treppe wurden schwere Schritte laut, Don Jose horchte dort hinüber, es war etwas so Ungewöhnliches in seinem Haus; Don Leonardo hatte natürlich gar nicht darauf geachtet.

Da öffnete sich die Thür. Blas glitt herein und überreichte seinem Herrn ein Couvert, das dieser eben in die Tasche stecken wollte, denn er las sonst nie vor Tisch ankommende Briefe. Nur auf die Adresse warf er einen Blick. Sie enthielt die Worte:

„Meinem Vater! gleich zu lesen!" — und das gleich mit größeren Buchstaben geschrieben.

Das war Dolores Hand? Wo war nur das Mädchen? — aber unwillkürlich öffnete er den Brief und las die wenigen Worte:

„Lieber Vater! Don Leonardo, Dein Gast, ist der Verräther, der Juan als Plagiar gefangen hält. Eine Wache von Soldaten steht vor Deiner Thür. Halt' ihn fest und lasse ihn nicht entkommen, Juan's Sicherheit hängt davon ab. Ich bin im Begriff, ihn zu befreien, denn sein Leben ist von den Buben bedroht.

Deine Dolores."

Don Leonardo, den der Brief nicht besonders interessirte, unterhielt sich gerade sehr lebhaft mit der Sennora, als sein Auge zufällig nach Don Jose hinüberschweifte, und es ihm jetzt nicht entgehen konnte, mit welchem stieren, ja selbst erschreckten Blick dieser ihn betrachtete. Das aber brachte auch Arvila wieder zu sich, und sich nach dem Jungen umsehend, der noch an der Thür stand, als ob er auf Antwort wartete, sagte er, aber mit kaum verständlichen Lauten: „Wo ist meine Tochter?"

„Um der heiligen Jungfrau willen, Jose!" rief jetzt die Frau entsetzt, die sich bei dem sonderbaren Ton seiner Stimme nach ihm umwandte. „Was ist Dir? Du siehst tobtenbleich aus! Was steht in dem Brief? Von wem ist er?"

„Die Sennorita, Sennor," antwortete Blas, „hat vor einer kleinen Weile mit Mercedes das Haus verlassen und ist die Straße hinabgegangen."

„Meine Tochter?" rief die Sennora, auf das Aeußerste erstaunt, aus.

Arvila brauchte wohl eine halbe Minute, um sich zu sammeln. Er wandte seiner Frau und Don Leonardo noch den Rücken, jetzt drehte er sich der Sennora zu und sagte mit kalter, ruhiger Stimme:

„Du willst wissen, von wem der Brief ist, Queriba? O nichts, als eine kleine Ueberraschung von unserer Tochter Dolores, die sich einen Scherz gemacht."

„Von Dolores — Ave Maria, Jose — sie ist jetzt, vor dem Diner, mit Mercedes ausgegangen! Wohin?"

„Das kann ich Dir sagen, mein Herz," erwiderte ihr Gatte kalt, „nur um Juan zu befreien, den jener Bube da, Sennor Don Leonardo de Guerra, aufgegriffen hat, um eine Summe Geldes aus uns herauszupressen."

Don Leonardo hatte die Nachricht, daß die Sennorita jetzt gerade das Haus verlassen habe, allerdings auch wohl in etwas überrascht, er hielt es wenigstens für eine sehr unpassende Zeit; aber ohne die geringste Ahnung, daß das Ganze ihn betreffen könne, fürchtete er nur in dem wirklich entstellten Ausdruck des alten Herrn, es könne ihr ein Unglück zugestoßen sein. Wie von einem Messer getroffen, fuhr er aber empor, als er seinen eigenen Namen in dieser Verbindung hörte.

„Ave Maria purisima!" schrie die Sennora, die Hände zusammenschlagend und in bleichem Entsetzen von dem Beschuldigten zurücktretend — „Don Leonardo?"

De Guerra faßte sich aber rasch, er glaubte die Anschuldigung noch durch Ruhe und Besonnenheit entkräften zu können, und wenn auch sein Antlitz eine fast leichenfahle Färbung angenommen hatte, so sagte er doch jetzt mit ironischer Kälte:

„Sennor Arvila scheint zu phantasiren!"

Arvila schleuderte einen wilden Blick auf ihn, aber wieder wandte er sich zu Blas, der sich noch immer dicht hinter ihm hielt.

„Stehen die Soldaten draußen, wie es der Brief hier sagt?"

„Gewiß, Sennor,"

„Sie sollen eintreten; und Sie, Don Leonardo," rief er jetzt mit rauher, heftiger Stimme, „als feiger, niederträchtiger Verräther, verhafte ich hier im Namen des Gesetzes."

„Sennor!" schrie Don Leonardo emporfahrend, aber in dem Moment drangen schon die Soldaten in den Saal und als letzten Ausweg, warf er sich jetzt gegen die Thür, durch die er in den Salon eingetreten, um sich vielleicht durch ein anderes Zimmer und den Korridor hinab zur Treppe zu retten. Der kleine Blas war aber dem zuvorgekommen und hatte, in der Vorahnung eines Fluchtversuchs, schon die beiden Seitenthüren von außen zugeriegelt. Die Thür gab dem Druck des Verbrechers nicht nach, und wenige Sekunden später fand er sich in den Händen der Wache.

Elftes Kapitel.
Der entscheidende Moment.

Es war vier Uhr Nachmittags, als in dem kleinen grauen Hause der Calle del Factor der Zambo Rodolfo anklopfte und von Don Guzman, der jetzt dort die Wache hatte, geöffnet wurde. Der Zambo schien übrigens sehr böser Laune zu sein, denn er erwiderte kaum den Gruß des Sennors, mit dem er überhaupt auf sehr vertrautem Fuße stand. Das Zimmer, in dem sich der Gefangene befand, durchschreitend, warf er seinen Hut auf den Tisch, sich selber in einen Stuhl und verschränkte finster die Arme auf die Brust.

Don Guzman hatte indessen den Schlüssel wieder sorgfältig von der Thür abgezogen und in seinen Gürtel gesteckt. Er fürchtete allerdings keinen Fluchtversuch des Gefangenen, denn sein Wärter ließ den nicht aus den Augen, aber es war die gewöhnliche Vorsicht, die sie brauchten. Uebrigens hatten sie den unglücklichen jungen Mann in der Art an das Bett angebunden, daß er wohl seine freie Bewegung behielt, aber doch ohne Messer die aus roher zäher Haut gedrehten Bande nicht entfernen konnte. Wer immer bei ihm wachte, sah auch außerdem schon von Zeit zu Zeit nach, daß er keinen Versuch machte, sie zu lockern, was ihm jedoch mit den bloßen Fingern kaum möglich gewesen wäre.

Don Guzman war dem Zambo gefolgt, Juanita stand an dem niederen Heerd und kochte das Mahl für den Gefangenen. Er schritt neben dem Lager desselben, den er sicher wußte, hin, und betrat gleich darauf das vordere Zimmer, das nur durch eine Spalte im geschlossenen Schalter etwas Licht erhielt.

„Nun?" sagte er hier, als er den Zambo in seiner gebeugten Stellung bemerkte, aber doch mit gedämpfter Stimme: „was ist's? fehlt Dir etwas?"

„Mir?" erwiderte der braune Bursche mürrisch, „zum Teufel auch, ich habe das Leben hier satt, jetzt schon beinah' eine Woche in dem dunklen Nest zu sitzen und auf den — Kadaver da drinnen Acht zu geben. Caracho, weshalb macht Ihr kein Ende mit ihm? Ihr könnt ihn ja doch nicht leben lassen, denn er weiß, wer Ihr seid, und ich vermuthe jetzt beinah', er kennt auch mich."

„Du weißt, Rodolfo," sagte Don Guzman mit unterdrückter Stimme, „daß wir nicht wissen, ob wir seine Handschrift nicht brauchen. Das Geld wird ja erst heute Abend ausgezahlt."

„Ei, Caracho, dann laßt ihn jetzt schreiben und dann macht ein Ende," trotzte der Bursche; „Verdammniß, wenn wir das Geld erst haben, brauchen wir ihn so nicht mehr, und das sag' ich Euch im Voraus, lebendig verläßt er dies Haus nicht wieder, denn ich will, beim Teufel, nicht seinetwegen den eigenen Hals in eine Schlinge stecken."

„Weißt Du, wo Don Leonardo heute Mittag zu Tisch ist?" sagte Guzman, der den Gesellen überhaupt auf ein anderes Thema zu bringen wünschte.

„Zu Tische? und was kümmert das mich?" knurrte der Zambo; „meinetwegen kann er bei Seiner Höllischen Majestät speisen oder beim Präsidenten."

„Bei Arvila's!"

„Caracho!" rief der Bursche, erstaunt von seinem Stuhl emporfahrend, „und wie kommt das?"

„Er war vorhin hier. Der Sennor und die Sennorita haben ihn eingeladen, um ihn in einer wichtigen Sache um Rath zu fragen."

„In einer wichtigen Sache? und was kann das sein?"

„Quien sabe — da aber heute gerade der Zahlungstag ist, so wäre es doch möglich, daß es darauf Bezug haben könnte."

„Und ist er gegangen?"

„Gewiß; er mußte doch hören, um was es sich handle."

Der Zambo lachte still und tückisch vor sich hin, erwiderte aber nichts darauf; bis er endlich Don Guzman wieder frug:

„Und wie steht's mit Geld? Ich habe keinen Claco mehr in der Tasche, um nur ein Glas Pulque zu kaufen, und die Kehle ist mir völlig ausgedorrt."

„Aber Carambo hombre," sagte Guzman, ungeduldig werdend, „Du weißt doch, so gut wie ich, daß wir heute Abend das Geld bekommen, und jetzt Beide, Leonardo wie ich, so wenig haben wie Du selber. Hexen kann ich auch nicht und es Dir in die Tasche zaubern."

„Und wer holt es?" frug der Zambo und warf einen mißtrauischen Blick auf den Genossen.

„Das war ein Punkt," sagte Guzman, „über den ich mich mit Leonardo selber nicht recht einigen konnte. Ich erbot mich, einen indianischen Burschen, den ich genau kenne und auf den ich mich verlassen darf, zu schicken; er wollte, ich sollte gehen, wozu ich keine besondere Lust verspürte, denn ich bin hier bekannt in der Stadt, und — ich hatte noch andere Gründe dafür. Ich habe ihm jetzt vorgeschlagen, um nicht auch noch einen Vierten, wenn auch nur theilweis, in unser Geheimniß einzuweihen, Dich zu schicken. Uebrigens trifft er zwischen Sechs und Sieben hier mit mir zusammen, um das Nähere darüber zu bereden. Würdest Du den Auftrag übernehmen?"

„Hm," brummte Rodolfo, der aber trotzdem mit dem Vorschlag zufrieden schien, „gefährlich bleibt's immer, denn der Teufel traue den Burschen, ob sie nicht doch einen Versuch machen sollten, sich des Empfängers zu bemächtigen."

„Sie wagen es nicht, weil sie dann mit Recht für das Leben unseres Gefangenen fürchten, und wir haben ihnen außerdem geschrieben, daß der Empfänger gar nichts weiter von der ganzen Sache weiß, als daß er dort Papiere und einen kleinen Sack mit Geld entgegennehmen soll, daß sie also mit seiner Gefangennahme nichts weiter erreichen würden, als ihren Verrath zu bekunden und die Zahlung zu weigern, wonach dann natürlich der junge Guitierrez als Opfer fiele."

„Meinetwegen denn," sagte Robolfo nach längerem Ueberlegen. Es ist das doch endlich einmal eine Abwechselung, denn ich gebe Euch mein Wort, dieses Caracho=Leben habe ich bis an den Hals satt. Aber wer bleibt indessen bei dem Gefangenen?"

„Leonardo; ich werde Dich, wenn auch in einiger Entfernung, begleiten, um Dir, wenn es nöthig sein sollte, Beistand leisten zu können."

„Gut!" nickte Robolfo jetzt zufrieden vor sich hin, „so mag's meinetwegen sein, und dann nimmt das elende Leben hier ein Ende. Caracho, nicht einmal mehr seit gestern eine Flasche Wein, es ist rein zum verrückt werden, und Alles das für lumpige fünfzig Unzen."

„Du hast noch keine fünfzig Unzen leichter verdient", sagte Guzman.

„Meint Ihr?" lachte Robolfo, „wäre dann ein armseliges Leben gewesen. — Geht Ihr jetzt fort?"

„Ja, ich will zum Essen."

„Wie steht es mit dem da drin?"

„Alles in Ordnung. Er schlief vorhin, als ich ihn untersuchte. Wenn er aufwacht, gieb ihm sein Essen, das jetzt fertig sein wird, und also hasta luego. Um halb Sieben spätestens kommt Leonardo und löst Dich ab, ich selber werde noch vorher hier sein."

Damit griff er seinen Hut auf und schritt durch die Küche hinaus auf den Vorsaal. Dort stand Juanita, ebenfalls zum Gehen fertig.

„Nun, Herz," sagte Guzman und wollte seine Hand um ihre Taille legen, „willst Du fort?"

„Laßt mich, Sennor," sagte aber das junge Mädchen kurz, indem sie sich seinem Arm entwand, „ich mag Eure Vertraulichkeiten nicht."

Caramba chiquita," lachte der junge Wüstling, „Du bist wohl stolz geworden?"

„Stolz nicht," sagte Juanita, „aber gescheidt; ich thue in diesem Monat noch meine Arbeit für Euch, wie es ausgemacht ist, und dann sind wir geschiedene Leute. Als sie sich umwandte, sah sie Rodolfo, wie er mit verschränkten Armen in der Thür lehnte und sie höhnisch betrachtete. Es lag dabei etwas so Lauerndes in seinem Blick, daß sie selber davor erschrak. Wäre dieser Teufel etwa im Stande gewesen, auch ihr ein Leides zu thun, nur um sich vor Verrath zu sichern? Zutrauen durfte sie es ihm, und innerlich zusammenschaudernd, wandte sie sich ab. An der Küchenthür blieb sie aber noch einmal stehen. Guzman war schon vorausgegangen und schloß die Hausthür von innen auf. — „Ich komme nach einer kleinen Weile noch einmal her," sagte sie, „ich muß etwas holen," und dann folgte sie dem Sennor hinaus auf die Straße, ohne aber dort weiter ein Wort mit ihm zu wechseln. Ihren Rebozo fest um sich hergezogen, eilte sie mit raschen Schritten der Plaza zu.

* * *

Etwa eine halbe Stunde später war es, daß der Schlüssel wieder in der Thür umgedreht wurde und Juanita das Haus betrat. Rodolfo, der faul und verdrossen in seinem Lehnstuhle saß, hörte den bekannten Laut, rührte sich aber nicht. Es konnte Niemand die Thür öffnen, der nicht hier herein gehörte, und er wußte außerdem, daß das Mädchen zurückkehren würde; was kümmerte ihn die Dirne, die ihn außerdem immer so schnöde und hochnasig abgewiesen, wenn er einmal ein freundliches oder vielmehr zärtliches Wort an sie richten wollte. Er hörte auch draußen die Küchenthür gehen, blieb aber in seiner Stellung, denn Don Juan schien noch zu schlafen, und auf weiter nichts hatte er ja zu achten. Da rauschte draußen ein seidenes Gewand, er horchte auf; aber Damen mit solchen Kleidern betraten, wie er recht gut wußte, öfters dies Haus. Waren sie gerade mit Juanita hereingekommen? Bah, was ging es ihn an, die verkehrten mit der oberen Etage und hatten selber ein besonderes Interesse daran, daß sie von den unten Wohnenden nicht gesehen wurden. Aber das Geräusch der seidenen Gewänder schien aus der Küche, oder wenigstens von der Richtung her zu kommen. Hatte das Mädchen Besuch? Das war gegen die Abrede und dort hinein durfte sie Niemanden führen.

Er sprang von seinem Stuhl empor. Die Kleider rauschten schon in dem Zimmer, in dem sich der Gefangene befand.

„Caracho!" rief er aus und trat in die Thür, um die Eindringlinge von dort zu vertreiben. Es konnten jedenfalls, wie er sich dachte, nur Frauen sein, die in dem dunklen Hausflur die Treppe verfehlt und aus Versehen hier hereingekommen waren, was hatte er auch von Frauen zu fürchten? Wie er aber nun das andere Zimmer, in dem sich der Gefangene befand, erreichte, traf ihn plötzlich ein so heller Lichtstrahl, daß er für den Moment fast erblindet die Augen schloß und einen Schritt zurücktrat. Es war Juanita, die ihm die Blendlaterne vor die Augen hielt.

„Zum Teufel, Mädchen!" rief er dabei, „nimm Deine nichts= nutzige Laterne fort. Wer hat Dir überhaupt erlaubt, sie hier herum zu bringen; und was für Frauen sind das? Was wollen sie hier? Fort mit ihnen."

In demselben Moment glitt Mercedes, ihre eigene kleine Blendlaterne benutzend, auf Don Juan's Lager zu und sie brauchte nur Momente, um zu sehen, welche Bande den Unglücklichen hier gefesselt hielten. Aber ihr blieb keine Zeit, diese selber zu lösen. Nur mit raschen Worten flüsterte sie ihm zu: wir bringen Hilfe, da schneidet Euch los, die Waffe für Euch, und steht uns bei — legte das aus der Küche mitgenommene Beil neben ihn hin, drückte ihm ein kleines Messer in die Hand und war dann im Nu an Dolores Seite.

„Kennst Du mich, Bube?" schrie sie aber, wie sie nun Robolfo gegenüber stand, und an ihrem Gesicht vorüber ließ sie den Schein der Laterne streifen.

„Mercedes!" schrie der Zambo entsetzt und riß sein langes Messer, das er stets im Gürtel trug, aus der Scheide.

Da blitzte ein Schuß aus dem Revolver, den Dolores in der Hand trug, und klirrend fiel der Stahl auf den Steinboden nieder, denn die Kugel hatte seine rechte Schulter zerschmettert. In demselben Augenblick fast sprang aber auch Juan, der sich mit wenigen Schnitten der ihn haltenden Riemen entledigt, das Beil in der gehobenen Hand, auf den Buben ein und hatte ihn an der Kehle.

„O töbte ihn nicht, Juan!" bat Dolores mit angsterfüllter Stimme.

„Nein, er soll hängen," lachte aber der zur äußersten Wuth Getriebene und bisher Mißhandelte, und dem braunen Burschen nun das Beil mit der stumpfen Seite vor den Kopf stoßend, warf er ihn wie einen Sack zu Boden.

Rodolfo hatte Widerstand leisten wollen, aber zu gleicher Zeit wurde die auf den Gang führende Thür von Kolbenstößen zertrümmert; von allen Seiten zugleich sah er sich angegriffen, und wenn ihn der Stoß auch vielleicht nicht vollständig betäubte, so brach er doch eben in Angst und Entsetzen zusammen. Er fühlte, er war verloren.

Zwölftes Kapitel.

Schluß.

Dolores, die sich bis jetzt nur durch ihre Aufregung aufrecht erhalten hatte, hing jetzt an Juan's Hals und weinte laut vor Seligkeit, und Juan hielt sie fest umschlungen und nannte sie mit den süßesten Schmeichelnamen; Mercedes aber, die dem Zambo noch nicht traute, stand, während sie das Licht der Laterne, die sie in der linken Hand trug, voll auf seine Züge fallen ließ, in der Rechten aber das blanke, scharfe Messer, wie ein lauernder böser Dämon an seiner Seite und überwachte selbst das Zucken seiner Wimpern. Aber die Soldaten, in solcher Arbeit schon geübt, bedurften keiner langen Zeit, um ihm mit Seilen die Füße fest zusammen zu schnüren — da ihm die Schulter zerschossen war, brauchten sie ihm die Arme nicht zu binden, dann griffen sie ihn auf, schleppten ihn hinaus auf die Straße, legten ihn auf zwei wie eine Tragbahre gehaltene Musketen und trugen ihn, unter Begleitung der indeß herbeigeströmten Volksmenge, hinüber nach der Wache.

Ein nicht gerade zufälliger, aber nichtsdestoweniger sehr bestürzter Zuschauer dieser ganzen Scene, soweit sie nämlich außerhalb des Hauses spielte, war Don Guzman. Dieser hatte sich nämlich über die Einladung Leonardo's in Sennor Arvila's Haus eines unbehaglichen Gefühls nicht erwehren können, obgleich er keinen bestimmten Grund dafür anzugeben wußte. Arvila konnte keine Ahnung haben, daß Leonardo mit dem Raub seines Sohnes in Verbindung stand, oder er hätte die Anzeige schon lange auf der Polizei gemacht und seine Verhaftung veranlaßt, und doch, was bewog ihn jetzt dazu, so freundlich von ihm Notiz zu nehmen, wo er sich sonst, wie Guzman recht gut wußte, wenig oder gar nicht um ihn bekümmert hatte. Unwillkürlich ging er auch deshalb, gerade als er vom Essen kam, über die Plaza, um Arvila's Haus zu passiren. Er wußte allerdings nicht bestimmt, was er damit eigentlich bezwecken wollte, denn hinauf durfte er ja doch nicht, aber er wollte wenigstens in der Nähe sein, vielleicht sah er Leonardo auf dem Balkon und durfte sich dann überzeugt halten, daß Alles in Ordnung sei. Und weshalb hatte Sennor Arvila seinen Gefährten heute eingeladen? Einen Grund dazu mußte er gehabt haben. Still vor sich hingrübelnd bog er in die Calle Santa Teresa ein, als er dort einen Tumult bemerkte. Das Volk lief zusammen, beim Himmel, es war vor Arvila's Haus, und willenlos fast trieb es ihn hinüber, um zu sehen, was es dort gebe.

Aber er verharrte nicht lange, mit Entsetzen erkannte er die todtenbleichen Züge seines Kameraden, der eben von den Soldaten aus der Thür geschleppt wurde, und wandte sich jetzt nun rasch ab, um nicht selber erkannt zu werden. Kaum aber um die nächste Ecke floh er auch, so rasch ihn seine Füße trugen, der Calle del Factor zu, er mußte einen kleinen Umweg machen, aber er wußte auch, daß ihm Niemand zuvorkommen und er das Haus noch erreichen konnte, ehe sie im Stande waren, selbst den schlimmsten Fall des Verraths angenommen, Boten dahin zu schicken — und dennoch kam er zu spät.

Wie er nun die Straße erreichte, erschrak er über das Leben darin.

„Was geht hier vor?" fragte er einen der Leute.

„Quien sabe," lachte dieser, „Soldaten sind da in ein Haus gedrungen, und eben fiel drinnen ein Schuß — Räuber wahrscheinlich."

Guzman hörte nicht mehr, er mußte sehen, was da vorging, und sogar die Gefahr vergessend, der er sich selber aussetzte, drängte er nach vorn, bis er einen Blick nach dem Schauplatz gewinnen konnte. — Aber nur ein halblautes „Caracho" preßte er zwischen den Zähnen durch, als er ihre Thür offen und gleich darauf die Soldaten sah, die sich bemühten, auf ihren Gewehren einen schweren Körper — den des Zambo — herauszuschleppen. Mehr brauchte er nicht — verrathen, verloren Alles, und scheu wich er vor dem Menschengedränge aus und verschwand in eine der Seitenstraßen, um jetzt sein Heil in wilder Flucht zu suchen. Wohin? — es blieb sich gleich — nur fort aus Mexiko, denn daß ihn die Kameraden, wenn selber gefangen, auch ohne Weiteres verrathen würden, mußte er nur zu gut.

Der Jubel in Arvila's Haus, als Juan jetzt an Dolores Seite und von Mercedes und Juanita begleitet zurückkehrte, läßt sich eher denken als beschreiben. Der arme Teufel sah allerdings elend genug aus, mit abgerissenen Kleidern und Wochen lang getragener Wäsche — aber das wurde bald und in kaum einer Viertelstunde reparirt, denn französische Schneider und Friseure waren nach der Intervention zur Genüge zurückgeblieben — es ist das stets der Bodensatz aller französischen Eroberungen, den sie, wenn wieder aus dem Lande gejagt, zurücklassen.

Aber selbst Juarez, der rasch Nachricht erhielt, kam herüber, um sich nach den näheren Umständen zu erkundigen, und befand sich in einer solchen Aufregung, daß er befahl, das Verhör der beiden Gefangenen noch an dem nämlichen Abend zu beginnen, während Patrouillen nach allen Seiten ausgesandt wurden, um den dritten Mitschuldigen, Don Guzman, einzufangen.

Das zeigte sich freilich vergeblich. Gerüchte gingen allerdings, daß er im erzbischöflichen Palais selber versteckt gehalten würde; aber Juarez, der überdies mit der Geistlichkeit auf einem sehr gespannten Fuß lebte, ließ dort, was ihm auch wohl wenig geholfen haben würde, nicht nachsuchen.

Die Untersuchung dauerte indessen doch eine volle Woche, da sie Leonardo, mit der Vorspiegelung eines anderen Gefährten, dessen Aufenthalt er angab, und der trotz alledem nicht aufgefunden werden konnte, hinauszog. Er hatte einen Zettel zugesteckt bekommen, der ihm anrieth, diesen Weg einzuschlagen, stammte er doch aus einer früher sehr angesehenen und mit vielen Anderen verwandten Familie, und es lag der haute volée von Mexiko wenig daran, einen aus diesen Kreisen, und wenn er ein Verbrechen begangen hatte, hängen zu sehen. Daß Juarez ihn selber nie begnadigen würde, wußten sie außerdem; verschafften ihm denn auch, ehe noch das Urtheil gefällt werden konnte, Gelegenheit zur Flucht, was glücklich gelang.

Juarez war außer sich darüber, aber der Vogel war entflohen, um in irgend einer anderen Provinz sein lüberliches und zweckloses Leben von Neuem zu beginnen.

Wer die ganze Sache ausbaden mußte, war natürlich der Zambo. Er leugnete selbstverständlich Alles, und wollte nur durch Zufall in das Haus gekommen sein; aber Juanita sagte gegen ihn aus, wie ebenso Mercedes, die ihn von früher kannte und genaue Angaben über vordem von ihm begangene Verbrechen machte. Er wurde zum Strang verurtheilt und am elften Tage nach seiner Verhaftung vor die Garrita hinausgefahren, um dort seine Strafe zu erleiden.

Noch unten an der Leiter forderte ihn ein Geistlicher wiederholt auf, zu beichten, und seine verschiedenen Verbrechen zu gestehen.

„Ich will Euch was sagen, Padre," lachte der Zambo ingrimmig in sich hinein; „daß ich die Zeche bezahlen muß, ist natürlich, denn ich habe keine vornehme Verbindung und bin nur ein armer, schwarzbrauner Teufel; wenn Ihr aber von meinen früheren Thaten hören wollt, so kann ich Euch wenigstens meine Mitschuldigen nennen. Da ist erstlich Sennor Lucido — Sie kennen doch die Familie hier in der Stadt, denn sie gehört zu den angesehensten. Da ist ferner der Kriegsminister Sr. Excellenz des Präsidenten Sennor Negrete, — da ist ferner Monsennor unser allerheiligster Erzbischof von Mexiko —"

„So fahre hin in Deinen Sünden," rief der Padre in Schrecken und wohl auch Angst, „wenn Du mein Ohr auf Deinem letzten Wege mit Lügen füllen willst; fort mit Dir!" Und sich von ihm wendend überließ er ihn den Henkern.

Diesmal war diesen Schurken ihre Beute entgangen, aber Mexiko deshalb noch immer nicht in Ruhe und Frieden. Die Diligencen werden noch bis auf den heutigen Tag beraubt, Leute in den Straßen der Hauptstadt ermordet, Plagiare in die Berge oder in besondere Verstecke geschleppt, aber — die Mexikaner sind das seit Jahrzehnten gar nicht anders mehr gewöhnt, denn die jetzige Generation wurde in Revolutionen und Kämpfen geboren und großgezogen, und weiß gar nicht, wie es sich in einem Lande wohnt, in dem Frieden und Sicherheit herrschen.

Die Hochzeit des jungen, so schwer geprüften Paares wurde an dem nämlichen Tage, an welchem wenigstens Einer der Verbrecher — allerdings der am wenigsten Schuldige seine Strafe erhielt, mit allem Glanz eines mexikanischen Haushalts gefeiert, und Juan hatte eigentlich beschlossen, bald darauf mit seiner jungen Frau nach einem ruhigeren Lande zu ziehen und sich dort niederzulassen. Aber es blieb bei dem Plan; Mexiko selber war zu schön, um sich davon zu trennen — und sie blieben. Man gewöhnt sich ja auch an Alles, und wie bei uns in Deutschland zu einer Landpartie der Mann selbstverständlich den Regenschirm mitnimmt, so steckt er dort eben seinen Revolver in die Tasche.

So sind dort die Zustände jetzt, so werden sie noch nach Jahrzehnten sein, denn das Land muß sich selber überlassen bleiben. Es kann wohl von einer fremden Macht erobert, aber nie gehalten werden; schon der ungeheuren Ausdehnung, wie des zerklüfteten Terrains wegen, und das haben zur Genüge die

Franzosen erfahren, die auch damals schon ihre „gekränkte Würde" vorschützten, weil ein Schweizer Haus, Jecker, der sich rasch mußte französisch nationalisiren lassen, seine Wucherzinsen, die nach Millionen zählten, nicht eintreiben konnte. Von der „gekränkten Würde" erwähnten sie aber Nichts mehr, als sie dann später durch ein paar Drohnoten Nordamerika's aus dem Lande gejagt wurden, und mit Sack und Pack und außerdem noch mit dem Fluch der Mexikaner beladen, abziehen mußten.